SE TIENE QUE MORIR MUCHA GENTE

Victoria Martín de la Cova es guionista, cómica y colaboradora de televisión y radio. Ha sido galardonada con dos premios Ondas 2021 por su pódcast *Estirando el chicle*, el cual conduce junto a su compañera Carolina Iglesias. El espacio está en la lista de los mejores pódcast según Forbes y han sido las primeras en llenar las 12.000 localidades del WiZink Center con un show no musical; lo consiguieron en menos de 24 horas, convirtiéndose en el espectáculo cómico en directo más grande celebrado nunca en España.

Ha sido presentadora de *Yu, No te pierdas nada* y colaboradora en espacios como *Las que faltaban* o *Este es el Mood* y ha trabajado como guionista en programas como *La Resistencia*. Asimismo, lideró *Problemas del Primer Mundo*, su propio *late night* para Atresmedia. En 2020 escribió y protagonizó, con Carolina Iglesias, la serie *Válidas*, la cual cosechó un gran éxito entre la crítica y el público, posicionándose como una de las webseries más vistas en España. Además, junto a Nacho Pardo, tiene su propia productora de contenidos audiovisuales, Living Producciones.

VICTORIA MARTÍN

Se tiene que morir mucha gente

PLAZA JANÉS

Papel certificado por el Forest Stewardship Council®

MIXTO
Papel procedente de
fuentes responsables
FSC® C117695
FSC
www.fsc.org

Penguin
Random House
Grupo Editorial

Primera edición: octubre de 2022
Cuarta reimpresión: diciembre de 2022

© 2022, Victoria Martín de la Cova
© 2022, Penguin Random House Grupo Editorial, S. A. U.
Travessera de Gràcia, 47-49. 08021 Barcelona

Diseño de la cubierta: Penguin Random House Grupo Editorial / Yolanda Artola
Ilustraciones de la cubierta: Cristina Daura

Printed in Spain – Impreso en España

ISBN: 978-84-01-02721-5
Depósito legal: B-13.804-2022

Compuesto en M. I. Maquetación, S. L.

Impreso en Unigraf, S. L.
Móstoles (Madrid)

L027215

*A mis padres y a Nacho, creedme que saber que
me queréis a pesar de todo es un alivio tremendo
para una pequeña narcisista como yo.*

La gente dice que el dinero no es la llave de la felicidad, pero siempre he pensado que si tienes suficiente dinero puedes fabricarte la llave.

JOAN RIVERS

Veintisiete semanas

Cerré el libro *Cómo mejorar tu yo interior* con violencia. No recordaba exactamente quién me lo había regalado ni por qué, supuse que fue alguien que me consideraba un ser humano lo bastante desesperado y despreciable como para aceptar los consejos de una expresentadora de televisión consumidora de laxantes como método para adelgazar y en cuya biografía de Instagram tenía escrito, con sus propias manos de auténtica alienígena, las palabras «MAMIfit» y «esposa». ¿Qué clase de ser humano escribiría una cosa así? Pienso en gente horrible de la historia: el monstruo de Amstetten, Henry Lee Lucas, el asesino de la baraja o Ana Rosa Quintana. Reconozco que estas personas han cometido crímenes terribles contra la humanidad, pero jamás pronunciarían la palabra «fit» porque serán unos malnacidos, aunque apuesto a que algo de vergüenza tienen. Y está mal perpetrar atrocidades, pero al menos haz el esfuerzo de dar lo que prometes y no seas una maldita impostora.

Acababa de leer la siguiente frase: «Es importante que sigas una buena alimentación para sentirte bien contigo misma, todo lo bueno llegará. Conecta con la naturaleza, camina descalza y siente la madre tierra, únete a ella y todo tendrá sentido. Haz pilates». Todo lo bueno llegará si no te pones las zapatillas de estar por casa y adelgazas, ¡cómo no había llegado yo a esa conclusión tan brillante! ¡Gracias por hacerme esa revelación! ¡Estoy menstruando de emoción! Me regocijé unos instantes en ese fango tóxico y corrosivo. «No eres feliz, Bárbara, porque no pones de tu parte; eres mediocre, una fracasada, y además estás gorda. ¿Puedes parar de estar gorda, por favor? ¡Haz ese favor al mundo y deja de estar gorda! Duerme ocho horas y bebe agua porque si te cuidas por dentro, se reflejará en lo de fuera». Entonces, ¿si me libraba de todo el odio que tenía dentro, de mis malos pensamientos, si conseguía extirpar todo lo infecto, corrompido y mugriento de mí misma a través del pilates, y por supuesto bebía dos litros de agua, me despertaría siendo Hailey Bieber?

Miré con detenimiento la portada del libro; la señora que se había atrevido a escribir eso con total impunidad me devolvió la mirada sonriente. Estaba sentada en una manta de cuadros rojos y blancos que reposaba delicadamente sobre un césped verde y brillante. Llevaba una blusa vaporosa blanca y unos vaqueros, unos *mom jeans* que pretendían decirte que era una persona sencilla pero elegante, una madre ocupada pero con el tiempo suficiente para depilarse las ingles (cuántas cosas pueden decir unos pantalones); iba sin zapatos, como casi todos los pijos, ellos siempre andan descalzos por sus suelos de madera radiante. Los pijos solo pasan frío los domingos: en misa. Encima de la manta se había dispuesto estratégicamente un bodegón con frutas y verduras muy pigmentadas, y también había una cesta de mimbre llena de diferentes tipos de queso. Supuse que los creativos y creativas querían que pareciese una especie de pícnic. Vida, naturaleza, bienestar... Irte de pícnic tú sola como una jodida ciclotímica. ¿Quién, que no sea un sinvergüenza, se va de pícnic? «¡Vete a comerte una tostada a un bar, impresentable!», pensé. La señora estaba a punto de ingerir una uva, ojalá se hubiese atragantado dos segundos después de tomar la instantánea, la muy cretina. Su pelo rubio y largo estaba exageradamente ondulado, parecía una menina anoréxica. Me pregunté a qué le olería la vagina, supuse que a vela del Zara Home. Cada vez que su marido le hiciese un cunnilingus sería como zambullirse en una piscina llena de popurrí del Natura. Arrojé el libro a la cama, pero la mujer seguía mirándome desde allí, así que lo metí en el cajón de las bragas: adiós a la desequilibrada del pícnic.

Abrí el armario y miré mi ropa durante unos segundos para decidirme por un vestido azul y blanco un poco arrugado, pero a mis treinta y un años no tenía nada más serio que ponerme para un evento de «gente decente», una expresión que solía repetirme mi padre: «LA GENTE DECENTE NO HACE ESO QUE TÚ HACES», con el objetivo, supongo, de hacerme sentir como que yo no había sido seleccionada para formar parte de esa estirpe, a pesar de que él se esforzó más de lo humanamente posible por tratar de introducirme ahí dentro, hasta el fondo. Finalmente, me acabó dando por perdida. Para mi padre, ser una persona decente es tener ropa para ir a eventos e ir a esos eventos. Para mi madre, ir decente es estar desnuda. Vaya dos referentes vitales para crecer de una manera mentalmente saludable. Aun así, yo me había acomodado en el anonimato y la pasividad, era ahí donde me sentía realmente cómoda. En la inacción ante la vida y los problemas. Era una mera observadora. Como las personas cuyo hobby es avistar aves y las reconoce por su canto o plumaje. Yo hacía lo mismo, pero en lugar de con aves con humanos. Sabía diferenciar cómo de cretino era alguien por su marca de camisa. Me consideraba una experta en este ámbito. Además, en otros tampoco tenía nada con lo que destacar. No soy ni guapa ni fea, ni alta ni baja, soy la mediocridad personificada y eso es bastante cómodo para acudir a eventos de gente decente, y para cualquier cosa que pretendas en la vida. Paso desapercibida y puedo estar borracha en cualquier fiesta o acontecimiento sin que nadie repare en mí. A nivel intelectual casi destaqué en el pasado, pero mi adicción a los diazepanes y a no levantarme de la cama me habían convertido en una masa informe, en un parásito incapaz de hacer nada de provecho. Me miré en el espejo y, sin aprobarme demasiado, metí mi petaca en el bolso, cogí el regalo y me largué.

Toda esta ceremonia venía porque hacía unos días recibí un precioso sobre de papel reciclado. Lo enviaban desde Pozuelo, y en el remite pude leer el nombre de Elena, una antigua amiga y compañera del colegio, y el de su marido millonario Javier Gerardo. «¡Ven a nuestra Gender Reveal Party!». Eran las palabras escritas en el reverso. ¿Qué es eso? Estaba desconcertada, quizá se habían metido en una asociación BDSM y querían que yo estuviera informada; la verdad es que me atraía bastante la posibilidad de que a Javier Gerardo le gustara que Elena le pusiera agujas en los testículos, pero nada más lejos de la realidad. Abrí el sobre con cierta inquietud y saqué una tarjeta azul y rosa. En ella aparecía una cigüeña con atrofia muscular transportando en su pico a un bebé regordete y sonriente que llevaba puesto un pañal. El pañal tenía una pestaña justo en la zona de los genitales y, al abrirla, apareció ante mis ojos una interrogación gigante de purpurina de todos los colores que casi me dejó ciega.

Completamente desconcertada, me vi obligada a googlear el significado y objetivo de la fiesta. Ojalá no lo hubiese hecho. Una «Gender Reveal Party» es una celebración en la que padres y madres, ambos tremendos terroristas emocionales, dan a conocer a sus allegados el sexo del bebé que están esperando. Una forma de dejar claro que todos los acontecimientos de tu vida son importantísimos y es imprescindible hacer partícipe de ellos a los demás. Lo sentí por el bebé; aún no había nacido y ya estaba sentenciado a que sus padres le contaminasen con los repugnantes roles de género y, por si fuera poco, lo iban a anunciar en modo fiesta a todos sus familiares y amigos. No sabía muy bien por qué decidí asistir a esto, en cualquier otro momento hubiese desestimado la invitación, pero me parecía un buen primer paso para poner en orden mi vida. Sí, mi primer paso sería participar del capitalismo más descarnado engullendo un cupcake con forma de bebé. Eso hacen los adultos, eso y hablar de molduras. Le dije a Maca, mi compañera de piso y también antigua amiga de Elena, que me acompañara, pero se negó a asistir a semejante espectáculo repulsivo, según sus propias palabras. Después lo comparó con una película de Pasolini. No me pareció apropiado comparar un Baby Shower con *Saló o los 120 días de Sodoma*. Luego pensé que quizá tenía algo de razón, al final todo se reducía a fascistas torturando a esclavos con sus prácticas excesivas. Antes solíamos pasar mucho tiempo las tres, pero ahora nos veíamos de Pascuas a Ramos y casi que mejor. Desde hacía bastante, Maca y yo éramos las únicas que resistíamos juntas. No sabíamos ninguna si por deseo o por necesidad. Todas nos conocimos en un colegio femenino ultrarreligioso donde lo compartimos todo; quizá nos unimos tanto por una cuestión de supervivencia, pero creímos que nunca nos separaríamos. No fue así. La vida nos pasó por encima, suele ocurrir. Antes de salir, me tomé un diazepam para controlar la posible ansiedad que me pudiera generar el evento, por eso y porque era un poco yonqui.

Me planté en la puerta de la casa de Elena. Era uno de esos adosados a las afueras de Madrid que te dan envidia por fuera pero te hacen sentir mal cuando llevas más de dos horas dentro. En el jardín habían colocado armoniosamente unas mesas con dulces variados y zumos de colores. Cuando conocí a Elena, se habría quitado la vida de saber que con treinta años estaría haciendo cake pops. O quizá no, quizá esto era lo que siempre había deseado. Un escalofrío eléctrico me recorrió todo el cuerpo. También había un castillo hinchable en el que unos cuantos niños pequeños, mucho mejor vestidos que yo, estaban jugando y chillando como locos. Escuché a una señora, con collar de perlas, diadema y un bolso de Fendi, gritar a uno de ellos: «Beltrán, no te arrugues la camisa». Respiré hondo y me alegré de llevar mi petaca en el bolso, me dio pena que Beltrán no tuviera edad para beber y no le quedara otra que aguantar a su madre completamente sobrio. Me fijé en una mesa llena de regalos perfectamente envueltos, los estaba colocando la que supuse que era la persona que trabajaba en casa de Elena como empleada doméstica, una mujer negra con uniforme. Al parecer, llevaba tanto tiempo sin ver a mi amiga que desconocía que tenía en su poder una máquina del tiempo con la que se había trasladado a vivir al siglo XIX. Todo esto me hizo acordarme de mi regalo. Miré el interior de la bolsa que tenía entre las manos y me detuve a observar el león de peluche que había comprado. Me pareció que este animal sería lo suficientemente neutral como para encajar en esta fiesta absurda. No se me ocurrió traer una muñeca y arriesgarme a que fuese niño, porque toda esta gente podría apuñalarme. En este barrio parecía muy importante que las niñas jugasen con Barbies y antidepresivos y los niños con camiones y a dar puñetazos a las paredes.

Llamé al timbre. A los pocos segundos, Elena abrió la puerta con una sonrisa deformada y absurdamente amplia. Sin cruzar palabra, se abalanzó sobre mí y me dio un abrazo seco y distante, pero disfrazado de una reconocible calidez. Me sorprendió lo mucho que había cambiado en tan poco tiempo, sus cejas estaban más arriba de lo habitual y su cara se veía mucho más rígida. Seguía siendo guapísima, siempre lo ha sido, de niñas la odiábamos por ello. Se había alisado su larga melena castaña e iba vestida con un mono de colores tierra que disimulaba su ya prominente barriga de embarazada. Me definió su look como «muy África». Cuando esas palabras salieron de su boca, me planteé si yo verdaderamente había sido amiga de esta persona. En el momento de la descripción del atuendo agradecí que la empleada de hogar siguiera colocando los regalos y no escuchara el comentario.

Al separarnos del abrazo, le entregué la bolsa con el peluche pero Elena no lo cogió.

—¡Esperanza! —Mi amiga desconocida le hizo un gesto rápido con la mano.

—Sí, señora.

Esperanza acudió rauda y veloz a recoger el regalo. Le di las gracias pero no me contestó; se veía que Espe estaba hasta el mismísimo coño, cosa que no me extrañó para nada.

—¡Qué alegría que hayas venido! ¿Cómo estás? ¿Maca no viene? ¿Cuánto llevamos sin vernos? Desde la boda, ¿no? Hace ya más de un año. ¡Qué fuerte! Siento que veas la casa así, normalmente está más ordenada. Queríamos que fuese algo íntimo pero, al final, Chino… Esperanza, por favor, los canapés…

Así llamaba a su marido, «Chino», un *nickname* que conseguía ser pijo y racista al mismo tiempo. Francamente, no puedo quitarles ese mérito.

—¿Qué te decía? Bueno, que al final ha invitado a toda la empresa. Está esto que parece la Met Gala —parloteaba sin descanso.

Pensé que si Anna Wintour veía esto y su atuendo «muy África», se quitaría las gafas y le metería una patilla en el ojo para, posteriormente, remover su cerebro hasta dejarla con las capacidades cerebrales de un poto. Es sorprendente cómo las personas con dinero se aproximan a la cultura que generan artistas, diseñadores y, en general, gente con verdadero talento y la exprimen como si fuera una espinilla, sacándole su jugo, despojándola de cualquier tipo de humanidad, con el único objetivo de usarla en su beneficio. Y su beneficio es vestirte «muy África», o colgar un cuadro caro en la pared de tu comedor porque te combina con los muebles del salón que adquiriste en una tienda en Serrano. Desde que se casó con Javier Gerardo, Elena se había vuelto el tipo de persona a la que le importa una mierda tu vida y lo disimula con poco acierto, nunca dejaba que contestase a ninguna de sus preguntas y a mí la verdad es que no me parecía mal, así no tenía que aparentar que no me iba como el culo. Recuerdo que cuando teníamos quince años tuve que quitarle un támpax que se le había quedado atascado porque se había puesto otro sin sacarse el anterior. Le metí la mano dentro de la vagina sin pensármelo dos veces y salió al instante. No sé por qué, pero no se me da mal sacar objetos de vaginas ajenas. Me pregunté si habría un trabajo así para dedicarme a eso de forma profesional.

Cuando estaba contándome otra de las complicaciones del evento, llegó Javier Gerardo. Era unos veinte años mayor que ella y su familia tenía una de las cadenas hoteleras más importantes del país. Encajaba con lo que vulgarmente se entiende por un gilipollas. Además, era de esos a los que se les queda la baba en las comisuras de la boca. No sé si lo hacía aposta, pero parecía que sí. Me saludó con dos besos.

—¿Cómo estás? ¡Cuánto tiempo! Desde la boda, ¿no? —dijo repitiendo las mismas palabras que su mujer.

Elena y Javier Gerardo se habían casado hacía un año y medio en una villa que la familia de él tenía en Menorca. Jamás olvidaré esa boda porque tuve que comer arroz durante un mes para poder pagar el billete.

—Sí, creo que sí.

—Espero que esté todo bien. Luego nos vemos y me cuentas, que tengo que ir a controlar a los chicos —dijo entre risas.

Supuse que «los chicos» eran los amigos de Javier de ciento dieciséis años que había visto hablando a voces en el jardín. Mientras tanto, Elena me llevó hasta su inmensa cocina con isla central y me ofreció algo de beber. Qué maravillosas son esas cocinas, dan ganas de dejar que tu asistenta se tome un descanso y cocinar tú.

—Es todo sin alcohol, ya sabes, por los peques —murmuró, con un miedo irracional a que la oyese un «peque» y se volviera alcohólico—. ¡Qué le vamos a hacer!

Luego soltó una sonora carcajada y no entendí muy bien por qué. No me parecía gracioso que des una fiesta y no tengas alcohol, de hecho es una maldita falta de respeto a tus invitados. Me alegré por segunda vez de llevar mi petaca. Elena me ofreció un zumo de naranja, que no sabía a naranja sino a otra fruta que era incapaz de reconocer, y me presentó a un grupo de mujeres que estaban charlando en una esquina de la cocina, entre las que había otra embarazada. Daba la sensación de que la forma de vida de todas ellas era existir teniendo permanentemente como tarea pendiente redecorar el salón.

—Bárbara, estas son Carmen, Rocío, Daniela y Gabriela, las culpables de que mi casa esté llena de niños —comentó Elena entre risas.

—Ya sabes que no puedo parar —añadió la que estaba embarazada mientras se señalaba la tripa—. ¡Ya es el quinto! —dijo, y lanzó una carcajada.

Saludé con timidez. Esas mujeres hablaban como si se reprodujeran asexualmente. Al parecer, eran estrellas de mar, dejaban caer su bolso de Fendi al suelo y de esa extensión de su cuerpo nacía un niño en su alfombra persa. Entendí que los padres, a los que veía reírse en el jardín a través de la ventana de la cocina, no tenían ninguna responsabilidad sobre la existencia de todos esos niños y niñas. También me fijé en que las cuatro mujeres del grupo guardaban cierto parecido entre ellas, tendrían mi edad pero aparentaban ser mucho mayores, iban muy bien arregladas y peinadas pero todas tenían los ojos muy rígidos, como si estuvieran debatiéndose entre llorar o no sentir absolutamente nada. Una de ellas, la más bajita, contaba algo acerca de la dieta paleolítica. Llevaba un collar de perlas enormes pero no tenía cuello, parecía una especie de Funko Pop de lujo. Me resultaba curioso que hubiese despilfarrado tanto dinero en un collar si carecía de cuello; sería mejor que se hubiera comprado un brazalete o, no sé, un anillo.

—La dieta paleolítica nos está funcionando fenomenal. La seguimos toda la familia —dijo la Funko.

—¿Qué es la dieta paleolítica? —pregunté con interés. Ya que estaba, quería encajar.

—Consiste en comer lo que nuestros antepasados en el Paleolítico. Es una dieta que incluye alimentos que históricamente solo se obtenían mediante la caza y la recolección —respondió orgullosa.

—Yo estoy siguiendo la dieta keto y he perdido ya doce kilos y medio —comentó otra, que se parecía a la mujer del libro que había metido en el cajón de mis bragas.

La verdad es que por un momento temí por su vida y deseé que dejase la dieta keto, porque si continuaba perdiendo peso sería bastante factible que muriese, aunque temí más por su mal aliento a causa de la restricción de hidratos de carbono. Por lo visto, prefería enterrar en vida a sus hijos antes que comerse un plato de macarrones.

—Elena, has preparado algo paleo, ¿no? A Jacobo no le pongas nada que no sea paleo porque no se lo come. Es que no se come nada que sea procesado. Es más inflexible que yo, ¡y tiene ocho años! Su plato favorito son las algas wakame. —dijo riéndose.

«Inflexible por tu culpa, hija de la gran puta», pensé.

—No te preocupes. Hay cositas —contestó Elena, antes de irse y dejarme sola con las señoras.

—¿Comían wakame nuestros antepasados en el Paleolítico? ¡Qué curioso! —comenté.

La Funko cambió de tema.

—¿A qué te dedicas? —preguntó con cierto sarcasmo.

—Soy guionista. Pero ahora no estoy trabajando exactamente de eso. Estoy en ello, digamos.

—Vamos, que estás en el paro. Pobre… Bueno, ya encontrarás algo. No te preocupes —remarcó la Funko paleoadicta y, al parecer, también pasivoagresiva y condescendiente.

—Ya tengo un trabajo, tranquila. No estoy en el paro —aclaré.

—De lo tuyo sí lo estás —añadió.

—Sí, eso sí.

Menudo bicho era la Funko. Me lo estaba pasando de maravilla.

—Qué interesante —dijo la embarazada—. Yo estudié un curso de cine cuando estaba en la carrera, me encantó, era muy bonito, pero papá quería que estudiase ADE. Ahora estoy impartiendo un taller de mindfulness a tiempo parcial y como mami a tiempo completo. —Se echó a reír y abrió tanto la boca que le vi los empastes.

—No sé de dónde sacáis el tiempo. Yo no puedo con nada

más, entre cuidar de Claudia y la asociación de mamás no doy abasto —dijo la que se parecía a la del libro.

Una niña rubia de unos cinco años entró en la cocina chillando. Llevaba una corona y un vestido de tul de princesa Disney, no sé cuál, pero no era de las recientes que dicen cosas que están más o menos bien. El pelo lo tenía peinado con gruesos tirabuzones hechos con plancha. Parecía una de esas niñas que se presentan a concursos de belleza infantiles en sitios como Arizona o Texas, instigadas por sus progenitores para ganar los doscientos cincuenta dólares del premio. Niñas tristes que viven en una caravana con una madre bailarina de *pole dance* y un padre alcohólico que dispara a latas vacías en un parking para distraerse de su verdadero objetivo: sus vecinos negros. Buenos padres, sin duda. La cría modelo infantil abrazó a su madre, la de la portada del libro, que la cogió en brazos mostrándola al grupo. Me fijé en que tenía los labios y las mejillas maquillados. Daba bastante miedo, como si fuese una enana terrorífica.

—Claudia, saluda, cariño —la animó con orgullo la madre.

—Hola, amigas de mami —dijo la niña.

—Cariño, pero qué guapa estás con ese vestido —dijo la Funko.

—Dile lo que le has dicho a mamá esta mañana…

La niña se quedó callada y se mordió una uña pintada de rosa.

—Venga, no seas tímida y dile lo que le has dicho a mami cuando te has despertado.

La niña se hacía la remolona mientras sonreía, jugando a una seducción bastante perturbadora para su edad.

—Que me voy a poner tetas como mamá —dijo riéndose.

—¿No es genial? —añadió la madre, muerta de la risa—. ¡Ya le he dicho a Álvaro que ha salido a mí!

Todas estallaron en una carcajada conjunta mientras yo me imaginaba a niñas pequeñas, como Claudia, con las tetas operadas, niñas con pechos gigantes corriendo hacia mí. Me disculpé y abandoné la conversación más extraordinaria que había presenciado en mi vida. Necesitaba un lugar donde pegarle un trago a mi petaca. Subí la escalera de caracol en busca de una habitación en la que descansar durante unos instantes y beber en soledad, esa fiesta estaba dejándome secuelas a nivel cerebral. En la pared que rodeaba la escalera había un montón de fotografías de Elena y Javier en blanco y negro. Varios desnudos de ella embarazada y Javier abrazándola por detrás. Parecía la casa del monstruo de Amstetten, si este hubiese comprado en Westwing y le hubiese interesado hacerse una sesión de fotos hortera. Era la mejor fiesta en la que había estado, sin duda.

En la planta de arriba reinaba el más absoluto silencio. La conversación de las mujeres espeluznantes había quedado atrás. Todo estaba impoluto, predominaba el blanco, y todas las puertas permanecían cerradas. No sabía cuál era la del baño. Abrí una y vi una especie de despacho, debía de ser el de Javier porque había una foto colgada en la pared de él con un torero, del que no recuerdo el nombre, ¿José Tomás? Ni idea. Cerré con cuidado. Al abrir la segunda puerta me encontré a Elena tumbada en su cama; estaba llorando y fumándose un cigarro.

—¿Qué te pasa? ¿Estás bien? —le dije.

Elena dio una profunda calada al piti y expulsó el humo con suavidad.

—No, no estoy bien.

Abrí el bolso y le ofrecí mi petaca. No sé por qué hice eso, me salió sin pensar. Darle alcohol a una embarazada no me ponía en la lista de mejores personas del año, desde luego. Elena cogió la petaca y le dio un trago largo. Me arrepentí al instante, se la iba a beber entera y aún quedaba mucha fiesta con la Funko Pop y las otras.

—¿Qué te pasa? —repetí, y me senté en un lado de la cama.

—No puedo más.

—¿Con qué no puedes más?

—Con esto —respondió señalándose la tripa—. ¿Has visto a esa gente? ¿A la de abajo?

—Sí.

—¿Y qué piensas?

—Que creía que era lo que querías, Elena.

Me tumbé con ella y le arranqué la petaca de las manos. Me fijé en que llevaba una manicura francesa impecable, sus falanges parecían las de una exactriz porno.

—Yo también lo pensaba, pero todo ha pasado demasiado rápido, ¿sabes? ¿Cómo he llegado a esto?

—No lo sé.

Elena dio otra calada y se puso a llorar. Con tanto bótox estaba muy rara cuando lloraba, un pequeño reguero de baba se deslizó por su comisura hasta llegar a su mono «Muy África». Sentí pena por ella. Pero una pena muy extraña, una pena sin trazas de condescendencia que no reconocí en un primer momento. Me moví y me di cuenta de que, a causa de la tela barata de mi vestido, me estaba empezando a oler el sobaco.

—Es que ni siquiera os veo. Ya no nos vemos nunca, ¿a que no? Y tengo asistenta, una asistenta a la que le pido cosas todo el día, amor. Vosotras no tenéis, ¿verdad?

—No, no tenemos.

Elena se pasaba el dorso de la mano por la cara y se corría el rímel con cada restriegue. Ya casi no la reconocía, solo era una desconocida embarazada a la que estaba emborrachando.

—¿Estás mal con Javier?

—La pregunta es si hemos estado bien alguna vez. ¿Por qué no me avisasteis en la boda? ¡Alguien debería haberme avisado de esto!

—Elena, siempre has dicho que querías estar con Javier. Yo pensaba que eras feliz.

—A veces, cuando le veo durmiendo, me entran ganas de ahogarle con la almohada. ¡Ni siquiera se le levanta ya! ¡Tuve que recurrir a la fecundación *in vitro* para conseguir esto! En cualquier caso, ya tiene mala solución —respondió tajante mientras se levantaba de la cama.

Dio una última calada a su cigarro y después lo tiró por la ventana.

—¡Elena!

Javier Gerardo la llamó desde la planta de abajo. Elena se dispuso rápidamente a fumigar con perfume todo el cuarto, se limpió los restos de rímel y se atusó el pelo. Parecía que seguía una coreografía que tenía muy ensayada.

—¡Ya bajo, cariño! —gritó. Luego se giró hacia mí—. Bueno, para ya. Déjalo. Esto que me está pasando hoy es importante. ¿Por qué no puedes alegrarte por mí?

—Claro que me alegro, Elena —contesté sorprendida.

No entendía qué le había pasado, pero no podía deberse

a los dos tragos que le había dado a mi petaca. Era como si el espíritu de Felicidad Blanc, que debía vagar por su casa, se le hubiera vuelto a introducir de golpe vía anal.

—¡Pues entonces date prisa, que es el momento de anunciarlo! ¡Qué nervios!

Perpleja, di un último trago y bajé tras ella.

Todos esperaban en el jardín. Las señoras de antes, y algunas más con las que no había hablado, estaban a un lado y sus maridos al otro. En esta tribu practicaban la separación por sexos. Todos los maridos llevaban polos color crema, desconozco si se habrían puesto de acuerdo o era el único color permitido en su comunidad. Me percaté de que más de uno se había hecho un implante de pelo, lo que les daba un aspecto tremendamente ridículo: parecían la muñeca esa de Play-Doh a la que le sale plastilina por la cabeza. Los hombres de la tribu gritaban muchísimo, como si sintieran que diciendo las cosas más alto que los otros sus órganos sexuales se convertirían en superhéroes gigantes que defenderían Pozuelo de los comunistas. Vi a Claudia correteando como una loca, sus bucles terroríficos se movían con cada uno de sus saltos. Me entraron ganas de abrazarla y decirle que todo iba a estar bien, pero me contuve porque no se puede abrazar a niños que no sean tuyos. Por el rabillo del ojo vi al hijo de la señora de la dieta paleo atiborrándose de chucherías que cogía de un bol con bastante ansiedad. ¡Qué edad más buena para generar un trastorno de la conducta alimentaria y, de paso, odiar a tu madre!

Javier y Elena estaban detrás de la mesa de los cake pops, entre las manos sostenían una especie de cañón de confeti muy largo de color dorado. La Funko Pop tomó la delantera y empezó a gritar la cuenta atrás. Al instante, los demás la acompañaron coreando: «¡¡¡Nueve… Ocho!!!». Elena sonreía muchísimo, era sorprendente lo poco que quedaba de la mujer que lloraba en su habitación hacía veinte minutos. «¡¡Siete… Seis…!!». Estaban a punto de activar el cañón que revelaría el futuro del bebé. «¡¡Cinco… Cuatro…!!». Un cañón de confeti que condicionaría a ese ser humano para siempre. «¡¡Tres… dos… uno!!». El artefacto explotó entre las manos de Javier y Elena y un montón de confeti rosa salió disparado. Por las reglas tan claras de la fiesta, supuse que sería una niña.

Todas las mujeres corrieron a abrazar a Elena entre felicitaciones. Escuché cómo la que se parecía a la de la portada del libro decía:

—¡Otra princesa en la familia! ¡Qué cara te va a salir!

Los hombres se acercaron a Javier como para darle el pésame.

—Me habría gustado un campeón, pero, oye, lo importante es que nazca sana, Javi —escuché decir a uno.

En ese momento, Claudia se acercó a mí muy sofocada y se me quedó mirando.

—¿Tú te vas a poner tetas? —me preguntó con una sonrisa.

Saqué la petaca de mi bolso de diez euros y le pegué un trago sin dejar de mirarla.

—Pues probablemente sí.

Veintiocho semanas

Mi casa era un agujero infecto pero me encantaba, lo disfrutaba, me revolcaba en él. Llenándome de su mugre e inmundicia me sentía viva en una ciudad que claramente no me podía permitir. Había aceptado, de forma natural, que eso era lo que nos había tocado: la mediocridad, Ikea, la vida práctica y fácil pero deprimente, Mercadona, ser pobres pero despreciar esa realidad porque no nos hace sentir cómodos. Profesionales en ficcionar nuestras vidas, preocupados por apuntarnos a *body pump*, comprar en Uniqlo y veranear en Zahara más que en el hecho de que no llegamos a fin de mes. A nuestra generación nos vendieron la pantomima esa de que íbamos a conseguir nuestros sueños, pero creo que nosotros no sabíamos muy bien qué sueños eran esos. Aun así, pretendíamos tenerlos para sentirnos mejor. Los sueños son la gasolina del control social. Los humanos no tenemos sueños, queremos vivir tranquilos haciendo lo mínimo. PUNTO. Yo no tenía la posición económica para eso y me atormentaba. Quería más, para dejar de sentirme repugnante cada vez que entraba en el sitio más horrendo del universo, el Primark, a comprarme un pack de tres bragas. Cuando me imagino esa tela deprimente cubriendo algo tan sagrado como mi coño me entran ganas de tirarme por una ventana. No sé de qué material están hechas, pero después de llevarlas durante ocho horas ya no hay prenda que quitar, se desintegra en su totalidad. Me hacía gracia pensar que tenía una vagina muy poderosa que podía destruir la tela de mi ropa interior, pero no se trataba de eso. Qué podía esperar de unas bragas que probablemente estuviesen hechas por niñas y niños que cosían por tres céntimos al día, no les podía pedir que estuvieran muy motivados. En fin, ni yo ni mi vagina de blanca de clase media podíamos protestar por eso porque yo misma estaba poniendo mi granito de arena para que todo lo malo que pasaba en el mundo siguiese pasando. ¿No te dan un premio por eso?

Compartía piso con mi amiga Maca. Ambas teníamos pocas, poquísimas, cosas en común, excepto algunas bien claras: nos gustaba maldecir y adorábamos las patatas fritas de bolsa, fumar y beber. En realidad, teníamos bastantes cosas en común, nos conocíamos mucho, demasiado. Yo lo sabía todo de ella y ella todo de mí. Hasta las cosas más oscuras y despreciables. Maca tenía el pelo rubio largo y ondulado y unos ojos azules que se enmarcaban en su cara sonrosada y llena de esperanza, un sentimiento que iba desapareciendo poco a poco cada vez que le endosaban otro no a la lista en cualquier casting al que iba. Maca quería ser actriz. ¡Qué peligrosa es la esperanza! En eso tenía razón Lana Del Rey:

«*Hope is a dangerous thing for a woman like me to have*». *Like you* y *like* todas, Lana, que pareces nueva. Había conseguido salir en dos anuncios de televisión, en uno hacía de madre en un comercial de seguros y el otro, también haciendo de madre, en una publicidad de alarmas. Y hacía unos años que había participado en la serie *Centro médico*, interpretando a una mujer que había fingido un embarazo para que no la abandonase su marido, un papel con una perspectiva muy feminista, como casi todo lo que se ve en la televisión nacional.

Maca también hacía algo de teatro en sitios pequeños y desconocidos a los que solo asistía yo y, a veces, si la compañía tenía suerte, aparecía algún señor mayor que se dedicaba a masturbarse en el fondo de la sala, aunque los había que se ponían en primera fila, sin vergüenza ninguna. En esos momentos, y casi siempre, la admiraba muchísimo. A mí me habría resultado imposible recitar el monólogo final de *Antígona* con un señor delante practicando el onanismo. Había coincidido con ese hombre tres o cuatro veces, un señor calvo de piel rosada, una piel que le daba un aspecto de bebé viejo y raro. El bebé masturbador pagaba sus buenos cinco euros, lo que costaba la entrada, por hacerse una prodigiosa paja mientras escuchaba *Hamlet* o *La casa de Bernarda Alba*. Pensándolo bien, si yo le había visto cuatro veces, como mínimo se había gastado veinte euros en tocarse en una butaca incómoda. Siempre me han parecido extremadamente curiosos los señores capaces de tocarse en sitios públicos. He visto a más de uno y en diferentes lugares: en el metro, detrás de unos arbustos en un parque infantil, en el trabajo, en una cafetería, en el ambulatorio… A muchos les encanta reanimarse la libélula delante de personas a las que no han pedido permiso para hacerlo. Si me estás leyendo y sueles hacer eso, quiero darte un consejito: hay un sitio perfecto para practicar el onanismo y es tu puta casa. Jamás he visto a una mujer tocándose en un Alsa, en un Blablacar, en la terraza de un bar… Ni en ninguna parte. Pensadlo. El exhibicionismo nunca ha sido nuestro campo, quizá deberíamos probarlo.

Dejando a un lado la masturbación pública, Maca estaba gorda y esa característica no ayuda para que te lluevan los papeles. Bueno, como mujer nunca te viene bien salirte de los cánones para ninguna profesión, cánones que marcó algún cabronazo hace años y con los que hemos tenido que lidiar nosotras. De hecho, ella no podía soportar que le dijesen que estaba «gordita», y cuando oía un condescendiente «rellenita» se enfadaba muchísimo. «Ni gordita ni hostias, lo que yo estoy es gorda y punto», decía. Acto seguido, se reía en alto porque se hacía muchísima gracia a sí misma. Maca siempre comentaba que si no estaba ya protagonizando una serie en Netflix era por su físico y no por su talento. Tras analizar con detenimiento el panorama de la interpretación en España, había descubierto que tenía dos opciones: o perder peso para conseguir papeles o superar a la única actriz gorda española, de la cual no diré el nombre, en gordura. Maca solía decir cosas como que a «la hija de la gran puta», refiriéndose a esa profesional de la interpretación, le daban todos los personajes de obesa, y eso como actriz le dolía muchísimo pero como gorda la mataba. Maca no era la feminista perfecta. Ninguna lo somos.

Tenía muy mala leche, pero también era divertida, sarcástica e irreverente. Estaba trabajando en La Bonita, un restaurante medio pijo cerca de Chamberí. Decía de sí misma que era un tópico con patas para cualquier comedia romántica, solo que ella tenía sobrepeso y clamidia. Maca odiaba el trabajo en el restaurante casi tanto como a su jefe. El mandamás se llamaba Álvaro y era un niño de papá que tenía tres o cuatro locales cortados por el mismo patrón, sitios que puedes reconocer nada más pisarlos. Tampoco generaban grandes beneficios, pero su padre prefería que siguieran abiertos para tener al niño entretenido. Todos con lámparas de mimbre en el techo, guirnaldas luminosas, sillas de colores y un montón de plantas que asfixian el local y que parece que estás entrando en una selva amazónica-cuqui para idiotas. En estos restaurantes se come comida fusión, con opciones veganas y sin gluten envueltas en creaciones pretenciosas que no saben a nada. De todas maneras, si eres vegano, intolerante al gluten y abstemio no vayas a un restaurante, haz otras cosas; patina, aprende alemán o quédate, como los masturbadores, en tu puta casa. En La Bonita, camareros y camareras guapísimos, entre los que Maca no encajaba, te servían gyozas de verduras al vapor, pasta de calabacín y hummus de aguacate acompañado de batata en brillantes platos de cerámica de colores.

Había ido a recoger a Maca. Su turno de comidas terminaba a las cinco y eran las seis y media. Cuando llegué a La Bonita, me dijo que todavía no podía marcharse porque había unos chicos sentados acabando sus gin-tonics. Me senté en la barra y me pedí una cerveza mientras la esperaba. Mi amiga recogía de mala leche una de las mesas, maldiciendo en voz baja. Iba amontonando los platos en su bandeja con violencia. Los lanzaba con tanta fuerza que parecía que los iba a partir en dos.

—¡Malditos imbéciles! En serio, ¿de verdad me merezco esto? ¿Qué he hecho mal?

—Todo. Y yo también. De hecho, el otro día emborraché a Elena —confesé. Maca paró un momento de organizar cosas en la barra.

—¿Cuándo da a luz? —preguntó con desdén.

—En dos meses. Pero está fatal, de verdad —dije con preocupación.

—No sé para qué fuiste a esa fiesta, lleva ignorándonos desde que se casó con ese tío viejo.

—Javier.

—Javier Gerardo, el de los cojones largos —dijo entre risas.

—Pues te digo que está mal. Que no quería estar ahí. Se la ve bastante harta... Yo creo que tiene ganas de dejar a Javier —repliqué.

—¿Cómo sabes eso? —preguntó.

—Porque me lo dijo.

—¿Qué? ¡Eso es imposible! ¿Te acuerdas de lo terrible que fue la boda? Ahí se les vio genial, todo el día pegados. Era como ver a Heidi y a su abuelo enrollarse.

—Yo creo que no quiere ser madre.

—A buenas horas. En cualquier caso, ya está fuera de la *abortion zone*...

—Eso es verdad. Ya no tiene opciones legales. Solo le queda tirarse de cabeza por las escaleras en plan película o la solución percha. Maca, tía, deberías haberla llamado. Ah, es una niña, por cierto. Salió del cañón el color rosa.

—¿El qué?

—Hicieron una Gender Reveal —expliqué.

Maca me miró abriendo mucho sus ojos azules. A continuación, se encogió de hombros y suspiró con agotamiento.

—Los ricos son vomitivos —sentenció.

—¿No la echas de menos? —pregunté con curiosidad.

—Supongo, pero no sé si es a ella o no tener responsabilidades. El otro día hice un test online.

Miré hacia arriba y eché la cabeza para atrás en un gesto de resignación. Mi amiga cada día se autodiagnosticaba de algo diferente.

—¿De qué era el test? —Sabía que no me quedaba más remedio que mostrarme interesada porque no iba a parar hasta que me lo contara.

—Sobre ser sociópata. Se llamaba «¿Eres un sociópata?».

—Tiene sentido el nombre —añadí.

—Creo que no tengo sentimientos profundos por la gente. Soy incapaz de empatizar.

—¿Y para eso necesitas un test? Haberme preguntado a mí, yo te habría confirmado que eres una hija de la gran puta —dije entre risas.

El jefe de Maca, Álvaro, entró en el bar. Vestía con unos pantalones grises de pinzas, que le quedaban ridículamente altos, y una camisa blanca. Estaba muy moreno y tenía unos dientes blanquísimos, casi alienígenas. Me lo imaginaba mirándose fijamente al espejo todas las mañanas, desnudo, sin haber experimentado jamás la repulsión que te provoca estar en un cuerpo que te desagrada, en una existencia que te desagrada. Le rodeaba el aura de los que tienen una vida más que afortunada y nunca han tenido que esforzarse por nada en absoluto.

¡Qué envidia! Álvaro de la Torre estaba saliendo con la hija del dueño de una famosa marca de embutidos. Ella se llamaba Fabiola, era emprendedora e *influencer* y una auténtica sinvergüenza, basándome exclusivamente por lo que mostraba en redes sociales. Álvaro se acercó y se sentó en uno de los taburetes de la barra, justo a mi lado.

—Maca, ponme un agua con gas, con hielo y limón —pidió desganado.

Maca no dijo nada y se dispuso a prepararle su bebida. Ponerle gas al agua, otro gesto despreciable para diferenciarnos entre nosotros y hacer sofisticado algo que, literalmente, necesitamos para sobrevivir. Me encantaba esa agua.

Entonces, Fabiola entró corriendo. Sabía que era ella, porque la seguía en Instagram, yo y un millón y medio de personas más. Llevaba una camisa blanca impoluta atada a la cintura con un nudito y unos pantalones pitillo negros que resaltaban la delgadez de sus piernas interminables, conseguida como resultado de la máxima restricción de alimentos, un bolso de Chanel y una coleta alta que recogía su larga melena rubia. A modo de coletero había escogido un pañuelo de Hermès. Ella también estaba muy morena.

—Perdona, cariño, que estamos terminando los últimos detalles de la colección y no doy para más. Los proveedores me traen de cabeza —dijo después de besarle en la mejilla.

—Fabiola está creando su propia marca de joyas —comentó Álvaro dirigiéndose a nosotras.

—¿En serio? —contestó Maca.

Cuando fingía sus emociones, yo lo detectaba enseguida. Eso no decía mucho de su talento como actriz.

—Bueno, no es una línea de joyas como la que tienen todas, esta es diferente. Son diseños artesanales, inspiradores, que nacen de la conexión con la naturaleza y buscan adaptarse a todo tipo de mujer. Me inspiré en la casa de campo que tenían mis abuelos en Biarritz. Mirad, llevo puestos los pendientes.

Fabiola nos mostró unos pendientes en forma de hoja elaborados con circonitas de color verde. Dios, adoro a la gente rica. Pueden decir estupideces, darlas por válidas y creérselas.

—Todas las piezas son preciosas —contestó Álvaro, aparentemente orgulloso.

—¿Los pendientes nacen de la naturaleza? —preguntó Maca, irónica.

Fabiola, incómoda, se ajustó el nudo de la camisa y se apoyó en uno de los taburetes de la barra.

—Bueno, sí, esa es la esencia. El concepto. Tenemos unos proveedores fantásticos. —Dicho esto, sacó su móvil y se puso a chequear sus notificaciones.

—No te fíes de los proveedores. Es bastante probable que las joyas las hagan niños. Al fin y al cabo, el noventa y ocho por ciento de las personas que fabrican este tipo de cosas son críos —añadí yo, aportando un dato que leí no sé dónde—. Aclaro que no estoy en contra para nada, esas piezas de la hoja se ven pequeñísimas. Las manitas de esos críos son perfectas para esa función. Seguramente también cosan las bragas que llevo puestas, pero no tan bien. Tus niños claramente son los mejores.

Fabiola nos miró con absoluta perplejidad. Torció el gesto y frunció los labios, una mueca que auguraba que algo malo iba a pasar. Acto seguido, estalló en una carcajada que inundó toda la sala del restaurante. A ambas se nos paró el corazón.

—¡Vosotras dos sois lo más! —contestó sin dejar de reír mientras nos señalaba con uno de sus dedos, adornado con una manicura perfecta de color rojo—. Vamos, cariño, que hemos quedado con el constructor.

—Maca, hablamos. Revisa la caja y llama al de los manteles, hace días que deberían habernos entregado los nuevos —dijo Álvaro tras apurar su agua con gas.

Maca hizo un gesto con la mano a modo de despedida. En cuanto Álvaro salió por la puerta, fue decidida hasta la mesa de los pijos de los gin-tonics.

—Cerramos ya. Así que apoquinando —bramó, y dejó la cuenta dando un golpe en la mesa.

Los chicos se levantaron un poco desconcertados y dejaron el dinero precipitadamente encima de la nota. Maca volvió a la barra con una sonrisa y se puso a toquetear la caja.

—Te espero a que la cuadres —comenté distraída mirando el móvil.

—No va a cuadrar, cariño.

Levanté los ojos y vi cómo se metía doscientos euros entre las tetas.

Veintiocho semanas (II)

De pequeñas, Elena, Maca y yo quedábamos siempre para ir andando juntas al colegio, una institución exclusivamente femenina, sin chicos que nos intoxicaran y que mancharan nuestra pureza de niñas santas. Según las numerarias del Opus Dei debíamos evitarlos a toda costa, porque cualquier movimiento que hiciéramos podía poner en peligro nuestra integridad, dignidad y valía como niñas y futuras mujeres. Se encargaron de construir para nosotras un lugar seguro, una cama mullida en la que nos tumbaron para, posteriormente, cubrirnos con capas y capas de culpa. Capas que se agarraron a mí como un bebé se agarra a los brazos de su madre. Logré deshacerme de algunas, pero la mayoría estaban tan pegadas que ya no formaban parte de algo externo, se habían convertido en algo propio, indeleble. Algo que de atreverme a arrancarlo se llevaría mi piel por el camino.

Nos decían que Jesús hacía milagros, así que yo asumí que Jesús era un mago. Fue el primer mago de la historia, antes que David Copperfield o el Mago Pop, pero en lugar de adivinar que la carta que estabas pensando era el dos de corazones, convertía el agua en vino. Si Jesus Christ estuviera vivo, también tendría un show en el que resucitaría a celebridades que llevaban años bajo tierra. Sería una especie de Carlos Latre, pero en vez de imitar a la duquesa de Alba, la traería de nuevo a la vida. En lo que a magia se refiere, siempre me interesaron más las brujas, mujeres que se salían de la norma establecida y a las que dieron caza durante siglos, porque un puñado de señores temerosos y feos decían que ellas detentaban poderes sobrenaturales. Afirmaban que las «brujas» tenían la capacidad de lanzar maleficios, de preparar pócimas que poseían la facultad de hacer que el que las bebiese se volviera loco, de volar (en palos o demonios) e incluso de transformarse en animales. Vamos, la misma magia que hacía JesúsNuestroSeñor pero muchísimo más divertida. ¿Quién quiere curar a un tullido pudiendo convertirse en un lobo? De niña ya comprendí que hacer las mismas cosas que un hombre siendo mujer tenía consecuencias, porque ellos acababan montando una religión con miles de adeptos y las mujeres terminaban sin identidad y en la hoguera. Los hombres, sintiéndose amenazados, han hecho lo indecible con tal de destruir el poder social de las mujeres y su valía como seres humanos autónomos. Se emplearon a fondo en deshumanizar a esas «brujas», en despojarlas de su personalidad para convertirlas en algo con lo que ellos se sentían cómodos. Si lo piensas, obviando todo el terror, resulta hasta cómico: los hombres han construido un mundo horrible e irrespirable única y exclusivamente para no tener que cambiarse las putas sábanas. Recuerdo que un predicador estadounidense dijo que el feminismo no buscaba la igualdad de derechos de la mujer, sino animarla a abandonar a sus maridos, matar a sus hijos, practicar la brujería, destruir el capitalismo y convertirse en lesbiana. Pues no iba desencaminado.

Cada tarde, Maca y yo íbamos a casa de Elena y nos pasábamos horas en su habitación escuchando el disco *¿Qué pides tú?* de Álex Ubago. Solíamos ir a su casa porque su madre era enfermera y siempre estaba trabajando; al ser madre soltera de tres hijos, hacía turnos infinitos. La familia de Elena no tenía una posición económica boyante. De hecho, yo sabía que los polos y el jersey del uniforme que llevaba ella eran unos míos que se me habían quedado pequeños. Me enteré porque había escuchado a mi madre hablando con la suya por teléfono y le dijo que apuro ninguno, que yo había pegado un estirón ese año y que tenía los polos ahí muertos de risa. Me hizo sentir fatal, como si tener ese privilegio me convirtiera en una persona repugnante, una mala pécora metida en un jersey nuevo, suave y sin pelotillas. Tanto Elena como yo éramos conscientes de esto, pero jamás hablamos del tema.

Por otro lado, como crías necias que éramos, la precariedad de la familia de Elena que conseguía que su madre siempre estuviera trabajando nos venía estupendamente para tener un espacio en el que poder ser nosotras mismas sin supervisión de un adulto. Cantábamos a gritos las canciones de Álex Ubago, y sentíamos como propias cada una de sus palabras de desamor, enganchadas a un dolor que todavía no habíamos experimentado. Mientras sonaba la música analizábamos las frases, hablábamos de lo que era perder a alguien a quien quieres, de cuando esa persona te abandona y tú te quedas triste y sola. Una y otra vez, recreábamos en nuestra mente lo que sería sentir todas esas cosas con las que Álex Ubago lo había pasado tan mal. Y una sensación de inquietud, nervios y ansiedad se apoderaba de mí. Desde luego, tenía que ser algo que merecía la pena si, cuando no lo tenías, lo echabas tantísimo de menos. Me moría de ganas de que me partieran el corazón y me dejaran bien jodida. Un desamor que no me permitiera levantarme de la cama en días y mi madre tuviera que venir, de forma intermitente, a ponerme paños de agua fría para bajarme la fiebre que tenía a causa de esa ruptura. Tendría delirios, vómitos y alucinaciones, y un día cualquiera renacería de mis cenizas portando un enorme corazón latente, espeso y viscoso que me comería delante de la persona que me había hecho tanto daño. A día de hoy, todavía no he sentido nada de eso.

Nos tumbábamos las tres en el suelo con las piernas extendidas a lo largo de la pared. Una pared colmada de pósters de artistas famosos, que Elena arrancaba de las revistas que se compraba a espaldas de su madre. En el panorama actual, no queda ni una de esas estrellas que arrugábamos con nuestras piernas de preadolescentes llenas de pelos. No queda ninguno de esos a los que fotografiaban para las revistas y que aparecían con una gran sonrisa, seguros de sí mismos. Ahora nadie quiere hacer fotos a esa gente. Me da pena pensar esto.

Maca sacaba de su mochila su botín de chucherías y chocolatinas y ella y yo nos las comíamos a dos carrillos mientras Elena miraba. Ella nunca comía, me resultaba extraño porque Maca y yo siempre teníamos hambre. Signo de ello eran los veinte kilos que la profesora de gimnasia le había dicho a los padres de Maca que tenía que perder de inmediato, alegando que la niña estaba «bastante rellenita» y eso no podía ser.

Siempre estábamos las tres juntas, pero Maca y yo luchábamos contra un sentimiento primitivo que nos empujaba a aborrecer a Elena con toda nuestra alma. La odiábamos y ese era nuestro secreto mejor guardado. Elena era muy guapa, su largo pelo castaño siempre estaba liso y perfecto, y daba igual lo que se pusiera porque todo lucía cuando ella estaba dentro. Incluso el uniforme del colegio, con el que nosotras parecíamos dos sacos de cemento, le quedaba bien, conseguía que esas telas rígidas se ajustasen a su cuerpo de modelo infantil. Maca y yo pasábamos horas hablando de ella y nos recreábamos pensando en cómo sería que la atropellara un autobús de camino al colegio. Moriría joven y hermosa, y ese sentimiento de rencor por fin nos abandonaría, se iría muy lejos, desaparecería. Seríamos las dos pobres niñas que han perdido a su querida amiga y sufren en silencio su ausencia. A veces, nos poníamos cerca de ella y le olíamos el pelo. Olía a cítricos, mezclados con canela y sudor preadolescente. Una vez, Maca y yo nos escapamos del colegio y nos dimos una vuelta por el supermercado. Nos pasamos horas delante de la estantería que contenía los champús oliendo todos y cada uno de ellos, hasta marearnos, hasta provocarnos náuseas. Finalmente, dimos con el que creíamos que era el suyo. Estábamos pletóricas, fuimos a mi casa y nos enjabonamos enteras con ese champú; teníamos la esperanza de que con esa ducha nos desharíamos de nuestros complejos. Seríamos Elena. Nunca nos olió el pelo como a ella.

Algunos días, en casa de Elena, nos dedicábamos a probarnos medias, sujetadores y zapatos de su madre. Le robábamos el pintalabios y nos maquillábamos los morros de un rojo muy potente. Luego nos besábamos en la mano para practicar futuros morreos. En esos momentos, Elena siempre se ponía en plan jefa y jugaba a ser una actriz internacional mientras nosotras dos interpretábamos el rol de sus asistentes, aunque su actitud no distaba mucho de cómo nos trataba fuera de la ficción. Nos ordenaba cosas como llevarle agua, retocarle los labios, ponerle colorete o darle un masaje en los pies. En otras ocasiones, el juego era el mismo solo que, en lugar de actriz, era una famosa cantante que tenía que dar un concierto delante de millones de personas. Nos gritaba para que la maquilláramos rápido y nos exigía que subiéramos la música de la minicadena para que ella pudiera cantar. Era una tremenda hija de puta.

Uno de esos días, Elena, vestida con unos tacones y un traje azul ochentero de su madre, nos dijo que nos quería enseñar una cosa. Cogió su móvil, es importante señalar que entonces no teníamos iPhones, pero mandábamos SMS con destreza, tecleábamos y acortábamos textos con la misma rapidez que un ninja cortando un cuello. Era un mensaje de su vecino, Andresito, un niño con aparato, pelo negro y voz aflautada, al que nos encontrábamos de vez en cuando en el rellano. El mensaje era una breve, brevísima, descripción de cuánto le había gustado el beso de la tarde anterior. Elena nos miró con una sonrisa traviesa, buscando una complicidad que no encontró.

—¿Qué? ¿Os habéis liado? ¿Está por ti? —preguntó Maca.

Por aquel entonces, Maca ya sospechaba que no le gustaban los hombres, pero sentía curiosidad por saber exactamente cómo era eso que a ella no le suscitaba el menor interés.

—Sí, tía. No sé, ha sido mazo bonito, ¿sabes? Es supermono. Me regaló esta pulsera.

Elena se levantó la manga del vestido y nos enseñó una pulsera de hilos de colores. En mayúsculas, se podía leer un nombre: ANDRÉS.

—Pues a mí me parece un pringado. Es feo —dije con rencor.

Maca se rio con fuerza.

—¿Qué dices?

Elena estaba roja de ira. Apretaba los puños tan fuerte que parecía que iba a salir volando.

—Lo que os pasa es que tenéis celos porque yo ya me he besado y vosotras no —respondió con suficiencia.

—¡A mí no me da ninguna envidia! —exclamó Maca.

—¡Ni a mí! —me quejé.

Elena se dio una vuelta por la habitación contoneando las caderas como si fuera una top model.

—Yo no tengo la culpa de ser la más guapa de las tres. Tampoco es fácil ser yo. Ojalá fuese más normal, como vosotras, pero no puedo luchar contra mi naturaleza.

—Tú lo que eres es tonta —dije.

—Y tú una envidiosa de mierda —contestó con malicia.

Estaba en lo cierto, tenía envidia y ese sentimiento se introdujo dentro de mí como si fuera arsénico. El calor empezó a subirme a la cara, me ardía. Notaba que una fuerza extraña se apoderaba de mi ser y tomaba el control. Me abandoné por completo, me rendí ante esa sensación que se removía, que estaba viva. Lancé el móvil al suelo y, aprovechando su expectación, la enganché del pelo y le arranqué un buen mechón. Acto seguido, salí de su casa corriendo.

Cuando Maca fue en mi busca, me pilló sentada en la parada del autobús.

—Tía, te has pasado. Casi la dejas calva —comentó entre risas.

Rompí a llorar en su regazo, emocionada en parte porque nada une más a dos amigas que aliarse para odiar a la misma persona.

—Yo también la detesto, pero es nuestra amiga —dijo.

Nunca pensé en cómo se sentiría ella. Es algo que me pasa a menudo, solo me importan mis propios sentimientos. Por dentro soy un hombre blanco heterosexual que pretende hacerse rico invirtiendo en criptomonedas. Al llegar a casa, me encerré en mi cuarto sin cenar. Abrí la mano y todavía estaba allí el mechón de Elena. Inerte, reposando entre mis dedos, totalmente ajeno a cualquier realidad, como si ya no le perteneciese a ella ni a mí. Cogí mi diario, un trozo de celo y lo pegué en una página. Acto seguido, tiré el disco de Álex Ubago por la ventana.

Veintinueve semanas

Trabajaba en un programa de entretenimiento, un *late night* de esos que salen de debajo de las piedras. Cada canal y cada plataforma tiene el suyo, presentado por un señor diferente y a la vez muy parecido. Este se emitía en la televisión nacional. Un programa de comedia con un hombre vestido con traje que se considera extremadamente gracioso, ocurrente y brillante y al que acuden otros hombres trajeados que se consideran extremadamente graciosos, ocurrentes y brillantes, y donde a veces entrevistan a mujeres famosas que no consideran graciosas, ocurrentes ni brillantes. Ellos viven creyendo que el programa es como *Saturday Night Live*, pero cuentan chistes sobre Cataluña o sobre quedarse calvo. El equipo de guionistas estaba conformado por un par de señores obesos, dos chicos jóvenes con la barba perfectamente recortada y con camisetas con mensaje del tipo: I DON'T BELONG HERE; pues si eres tan especial que no perteneces a ningún sitio, ¿por qué no te vas a tomar por el culo?

No entendía lo de las camisetas con mensaje, no puedo comprender por qué la gente quiere que descubras tan rápidamente que es estúpida. Me dicen por el pinganillo que lleva una camiseta en la que pone ALL I NEED IS WIFI; confirmamos que, efectivamente, eres imbécil. Por cierto, en este punto tengo que detenerme para decir que la creencia moral de que no se puede juzgar a las personas por el exterior es completamente falsa. Si ves a un ser humano que lleva una camiseta sin mangas del Jack and Jones, un tatuaje en la cara y una gorra, puedes juzgarle sin problema, no te sientas mal. Si te fijas, la mayoría de los negacionistas, además de tener una biografía en Twitter en la que ponen: «Políticamente incorrecto, viviendo al margen *since* 1979», responden a un patrón estético muy concreto: camiseta sin mangas, gorra y ausencia de algunas piezas dentales. No suelo fiarme de la gente que no tiene todos los dientes, ¿por qué iba a hacerlo? La regla es juzgar lo que tú has escogido por tu propia voluntad. ¿Has decidido libremente hacerte ese tatuaje con la cara de tu gato en una pierna? Pues eres un impresentable. Es verdad que nadie suele escoger no tener dientes, pero sí has preferido no lavártelos. No sé, tampoco confiéis en mis teorías, ni que fuese yo Platón o Risto Mejide.

Mi trabajo no sabría muy bien cómo definirlo, se podría decir que era una asistente, secretaria o ayudante del presentador. Tenía que acudir puntual a lo que coloquialmente se llamaban «reuniones de brainstorming», a las nueve de la mañana, para sentarme a escuchar los chistes que surgían y tomar nota de todo lo que se decía. Después mandaba un mail al equipo y ellos elaboraban el guion del programa. A las dos horas, todos me pasaban las secciones que formarían parte del show, dirigido a pajilleros y estudiantes de grado medio, y yo las unía en un documento de Word. A las doce en punto, mi jefe me llamaba para que le llevara un café con leche de avena, y a la una, si no se le ocurría pedirme que me fuera a comprarle un jersey de cachemir de Loewe, ya había terminado todas las tareas del día. Era un trabajo tan sencillo que podía hacerlo con los ojos cerrados. Cuando acababa, me iba al cuarto de baño, me encerraba en uno de los cubículos infectos y me dormía encima de la taza. En el retrete también hacía otras cosas como fumar, beber o comer. Hay gente a la que le desagradaría muchísimo ver cómo una persona se come un sándwich mixto sentada donde la gente caga, pero a mí me encantaba, era mi momento favorito del día. Como se puede comprobar, mi trabajo era bastante multidisciplinar.

A eso de las cuatro de la tarde tenía que salir del baño porque mi jefe volvía a requerir mis servicios. Este señor en cuestión me generaba sentimientos encontrados. No sabía por qué, pero una sensación muy extraña, que oscilaba entre el asco y la tristeza, me invadía cada vez que lo veía. Tenía nombre, pero me referiré a él de ahora en adelante como «el Señor de la Papada». Tendría unos cincuenta y dos años, aunque aparentaba cincuenta y seis, y un doble cuello extremadamente pronunciado, como si fuese un pelícano afectado por el aceite de colza. El Señor de la Papada siempre me pedía que le trajese cruasanes de una pastelería próxima. Me daba cinco euros para que le comprara el dulce y el resto me lo quedaba por las molestias. Debo decir que el pobre hombre vivía ajeno a que un bollo no costaba cinco euros y que su subordinada era una ladrona de cuidado.

—¿Puedes venir un momento? —me llamó con voz apagada desde su despacho acristalado.

Me levanté y me asomé a la puerta, sin entrar del todo.

—Sí, ya voy a por su cruasán, es que hoy he tenido muchísimo lío —mentí.

—No, no es eso. Tengo que hacerte una pregunta, pero necesito que seas discreta.

Yo asentí con la cabeza. Miré su despacho. La foto de su mujer con su hijo presidía la mesa de caoba. El niño tendría unos tres años y ella veintinueve. El niño parecía sostenerse en pie gracias a la mano de su madre, metida dentro de sus costuras de muñeco espeluznante. Creo que se llamaba Carla, y era una modelo italo-argentina con la que se había casado en segundas nupcias cuatro años antes. No recuerdo muy bien toda la historia, pero sé que el reportaje de la boda salió en el *¡Hola!* y que asistió gente como Pilar Rubio, Paula Echevarría y sus respectivos maridos futbolistas, que no sé cómo se llaman. Estoy segura de que él pensaba que estando al lado de esa mujer la gente creería que era un triunfador; a mí me parecía un ridículo y un baboso. Los hombres con poder creen que pueden tenerlo todo: el coche, la casa, la mujer… Y luego, cuando se les queda viejo, cambiarlo. La mujer, un accesorio más dentro de su mundo de privilegios. Qué envidia me dan, sinceramente. Por otro lado, qué suerte ser esa mujer: salvo por el hecho de tener que mantener relaciones sexuales con el Señor de la Papada, no tenía que trabajar. En este tema no estoy para nada de acuerdo con el feminismo, ¿qué pasa, que se supone que ahora tenemos que meternos de lleno en el mundo laboral?

—Cierra la puerta —me dijo mientras se desataba la corbata—. Mira, me ha salido una cosa aquí en el cuello. Es algo muy raro, como una verruga.

El Señor de la Papada me enseñó una especie de grano extraño que había colonizado parte de su cuello. Parecía uno de esos perros que compra la gente rica, que están llenos de michelines y se mueren jóvenes por problemas cardiorrespiratorios. Una vez, andando por la calle, vi a una chica que llevaba uno de esos en un bolso, y juro por Dios que, si la memoria no me traiciona, el perro pesaba muchísimo más que uno de sus muslos. Me pregunté cómo podía transportarlo en ese Louis Vuitton sin desestabilizarse, sin desintegrarse, sin caerse. De todos modos, tras una larga investigación sobre este tema, he llegado a la conclusión de que la mayoría de los perros de los ricos son parapléjicos y no pueden caminar, por eso tienen que llevarlos metidos en bolsos. Es curioso que, teniendo esa discapacidad, esas razas sean las más caras del mundo: «Tome, señora, su perro inválido de diez mil euros». En cambio, los perros de los pobres sí que caminan, supongo que para tener la posibilidad de huir de una casa de clase media baja. Yo, si fuese un perro y viviese con un rico, tampoco usaría ninguna de mis cuatro patas. De hecho, me ofrezco voluntaria para que me adopte una persona con alto poder adquisitivo; puede partirme las piernas si lo desea y llevarme a El Corte Inglés dentro de un bolso, prometo lamerle la cara para agradecérselo y mover la colita para demostrarle lo feliz que soy.

—¿Qué piensas? —me dijo con ansiedad.

—¿Ha ido usted a un dermatólogo? Estos temas no conviene dejarlos. Luego es lo típico, que cuando por fin vas al médico te dan malas noticias.

—No me hace falta ir a un puñetero dermatólogo —respondió con enfado—. Ya sé lo que es.

—¿Y qué es? —En este punto, la intriga pudo conmigo.

—Estas cosas le salían también a mi padre. Cuando tenía noventa años, ya casi no se le veía detrás de tanto grano. Se llama ser viejo.

—Ah, pues muy bien.

—¿Te parezco viejo? ¿Cuántos me echas?

—Cincuenta.

—Tengo cincuenta y dos —admitió incómodo—. Necesito renovarme, renovar el programa. Renovar todo esto. Luego en las redes dicen que soy un señoro. ¿Un señoro? Si no hago más que aprender y escuchar.

No le había visto escuchar a nadie jamás.

—Quizá podríamos traer a otro tipo de invitados, de colaboradores… —sugerí.

—Necesito que vengan jóvenes al programa. Jóvenes que hagan tiktoks, ¿se dice así? Gente graciosa que haga cosas fresquitas, rápidas. ¿Sabes qué gente nueva hay por ahí?

—Pues…

—Búscame algunos perfiles, hazles una prueba y selecciona a tres para que los vea. Bueno, mejor dos, selecciona a dos. Vamos a darle un lavado de cara a este programa. Necesito secciones ágiles, que hablen de la problemática actual pero de forma ligera. Eso es lo que les gusta a los chavales, las cosas rápidas, ¿no? ¿Quieren rapidez? Pues se la voy a dar.

Seguro que a su mujer su eyaculación precoz no le entusiasmaba; o sí, a lo mejor era una manera rápida de quitarse a este plasta de encima lo más pronto posible. Imaginarme a este señor sentado con un tiktoker en el plató generaba una respuesta inmediata en mi útero, como si me suplicase que me lo arrancase con unos alicates. Hay gente, sin duda, cuya única función en la vida es ser completamente ridícula. Esto no lo olvides, somos muchísimas personas en el mundo, o eso nos dicen; yo no conozco a casi nadie, así que no puedo asegurarlo, pero no pasa nada por gritar a los cuatro vientos que hay muchísima gente imbécil, igual que hay muchísima gente guapa, fea o que no paga a Hacienda. Te juro que te sentirás muy aliviado reconociendo que tu compañero de piso, tu jefe o tu pareja, que se ha apuntado a esgrima o a bachata, son unos completos cretinos. Otro dato curioso es que, en general, la gente se esfuerza por no parecerlo. Por mucho empeño que pongan en ocultar su deficiencia cognitiva, nunca lo consiguen. ¡Qué barbaridad! De hecho, presta atención a este estudio que me estoy inventando: la mayoría de las personas que conoces, por una cuestión de estadística, son completamente estúpidas. De hecho, esa persona puedes ser tú.

—Pero esto no será mejor que se lo lleve dirección…
—añadí.

—El subdirector es un hijo de puta, prefiero que lo lleves tú. Te mando todo por mail.

Lo entendí a la perfección, yo no estoy en el montón de los estúpidos a los que antes me refería, y esto no lo digo porque sea pretenciosa o engreída, lo digo porque es verdad. Quizá sí estoy en el montón de los vagos, pero es mejor ser vago que tonto, porque el tonto ignora que no es capaz de hacerlo y el vago simplemente no se toma la molestia de intentarlo. Sabía que toda esta historia de empezar desde abajo era una farsa. «¡Dedícate a lo que te gusta, con trabajo y esfuerzo lo conseguirás!». Eso es mentira, quiero que lo sepas ya. Nunca, nunca, ¿me oyes? NUNCA vas a empezar desde abajo y te vas a convertir en unos años en una pieza clave de tu compañía. Te lo digo para que te ahorres años de frustración y desconsuelo. ¿Crees que vas a conseguir ascender en tu trabajo? Te haré dos preguntas: ¿tienes ya un puesto importante? y ¿tu jefe es tu padre? Si la respuesta a ambas cuestiones es que no, lo siento. Es posible que consigas un pequeño aumento, con el que renovarás tu casa con muebles de mala calidad que se te desconcharán en dos meses, para que sigas trabajando y, en mayor medida, para que te calles la boca y sigas motivado mientras picas datos en una tabla de Excel. En otras palabras, eso que piensas que puede suceder es muy raro que pase. La meritocracia no existe. Es más, cuando te cuentan historias de personas exitosas que se han hecho millonarias con una idea fantástica, por ejemplo una app revolucionaria que cuenta macronutrientes, te puedo asegurar que solo es gente con dinero que ahora tiene más. Te doy este consejo para que lo tengas en cuenta antes de matarte a trabajar en una empresa esperando algo más. Cumple y vete a tu casa. No pierdas el tiempo, hay muchos *reality shows* que ver.

Me di la vuelta para salir del despacho.

—Bárbara, una cosa…

—¿Sí?

—Tráeme un cruasán.

El Señor de la Papada puso cinco euros sobre la mesa.

—¡Ay, se me olvidó decírselo, perdone! Han subido a seis.

Treinta semanas

Si hay algo que me gusta es beber en sitios donde no está bien visto estar ebria. Mi relación con el alcohol es compleja. La primera vez que bebí tenía siete años, recuerdo perfectamente cómo me bebía con gusto los restos de las botellas que dejaban mis padres cuando hacían fiestas en casa. No sabía por qué, pero ese líquido me hacía sentir muy bien. Me daba igual cerveza que champán, vino tinto o blanco, me gustaba todo. Una vez mis padres invitaron a unos conocidos a cenar en casa y mi padre me acostó sobre las nueve de la noche. Esperé despierta hasta que se fueron al salón dos horas más tarde, sabía que en la cocina estarían los preciados restos de alcohol y solo podía pensar en eso mientras me tapaba con mis sábanas azules de Mickey Mouse y Pluto. «Seguro que Mickey también bebería si pudiera», pensé. Era un ratón con pantalones, cómo no iba a beber. Cuando escuché risas en el salón, aproveché para levantarme e ir a la cocina. Recuerdo que abrí la puerta y, al ver todo lo que había allí, me pudo la ansiedad y no supe gestionarlo. Ingerí uno a uno los restos de todas las botellas que había hasta que me desmayé. Mis padres me encontraron en el suelo con una brecha en la cabeza y me llevaron al hospital. Nunca había sido tan feliz.

Me encantaba contar los tragos que me separaban de que me importase todo una mierda. Con esto no quiero hacer apología de la bebida, la adicción es algo muy serio, pero en ese momento no podía pararme a analizar si llevar bebida al trabajo era un problema; tenía otras cosas más importantes en las que pensar, por ejemplo cómo hacer para que no me pillasen bebiendo. Por lo tanto, siempre escondía el alcohol cuidadosamente; tenía mis métodos y los seguía a rajatabla, aunque algo me decía que eso que me esforzaba por ocultar, la gente lo veía con total claridad. No podía parar de pensar en que todas las personas que me rodeaban comentaban a mis espaldas que yo era una borracha espectacular y, aunque me mentía diciendo que me daba igual, en el fondo me importaba lo que pensasen. Todos intentamos esconder cosas que no nos gustan, de hecho es muy probable que la personalidad de alguien sea el resultado de tratar de borrar los rasgos que le repugnan, y en ese punto acaban conformándose cosas nuevas que son peores incluso que las primigenias. Un revoltijo de características apestosas que yo regaba con vino blanco barato.

—Hoy estreno.

Levanté la vista y ahí estaba uno de los guionistas de las camisetas con mensaje que trabajaban en el programa. Su nombre no es relevante, así que lo llamaré «el Camisetas». En una ocasión, el Señor de la Papada le permitió hacer una sección en el show. Había visto algo de su comedia, pero no era capaz de recordar qué contaba exactamente, creo que me había impresionado la capacidad que tenía para hablar muchísimo y no decir nada interesante.

—¿Perdona? —respondí como si no le hubiera oído.

—Se lo estoy diciendo a todos los de la oficina: hoy presento mi monólogo.

Yo también me había subido a hacer *stand-up* en bares, pero no podía soportar la sensación que me provocaba: los nervios, las ganas de vomitar, sentirme sola ahí arriba y contar cosas tremendamente personales a gente que no conoces de nada. Llevaba un tiempo sin subirme. El Camisetas dejó un flyer en mi mesa. ¿Quién hace un flyer a estas alturas?

—Enhorabuena, espero que te vaya bien, pero esta noche tengo un tema…

El Camisetas se alejó. Me dolía la cabeza, creo que estaba resacosa. Levanté la vista de mi escritorio y lo vi hablando con otro compañero. Mirándolo bien, era un chico bastante aceptable, creo que incluso guapo, pero solo de pensar en ligar con alguien me entraba una pereza tremenda. Había tenido un par de novios serios a lo largo de mi vida, pero en ambos casos se terminó porque me acababan molestando pequeñas cosas de ellos. En seis meses soy capaz de reunir los suficientes defectos de una persona como para no soportar estar con ella en la misma habitación. Tampoco puedo decir que fuese mi culpa, la gente se empeña en tener muchísimos defectos: el ruido al comer, la forma de vestir, la manera de hablar con sus amigos o de contestar a su madre, ser fan de David Lynch, pequeñas cosas que iban conformando una montaña enorme de aburrimiento y desagrado. Por eso, estoy en contra de la filosofía de ser uno mismo y mostrarte tal y como eres. NO LO HAGAS. Mejor guarda tus defectos para ti mismo, nadie necesita saber que eres emocionalmente inestable, que te apestan los pies o que estás enamorado de tu madre. La gente no va a quererte tal y como eres, esta es una filosofía creada exclusivamente para que las personas más defectuosas no se tiren por el balcón.

El simple hecho de imaginarme manteniendo una conversación con fines románticos me parecía un absoluto infierno. ¡Dios mío! Tener que hablar muchísimo, hacer preguntas y, lo peor, escucharlas. Una vez quedé con un chico que me dijo que me iba a desvelar un secreto que no le había contado a nadie. En ese momento me levanté, cogí mi bolso y me largué. Para empezar, la gente normal no tiene secretos, y esto es porque la existencia de un secreto reside en su importancia, así que más te vale que ese secreto sea lo suficientemente relevante como para que me interese. Para que eso suceda, el secreto debería estar sujeto a alguno de estos tres escenarios: has robado millones de dólares, has matado a alguien o tu padre es Amancio Ortega. Si no se corresponde con ninguno de ellos, lo siento. Además, si quieres hacer partícipe a alguien de tu «secreto» prefiero no ser yo, por favor. Guárdatelo para ti, nadie necesita saber que tienes un poemario. Muchas personas suelen creer que conseguirán hacer que te sientas único por compartir contigo esa parte de ellos que nadie conoce, pero solo es una estrategia para que te creas que eres especial (y te cuento un secreto: no lo eres). No te fíes de nadie.

En realidad, me gustaría que en las citas solo fuese legal hablar de una cosa: de mí. Pero supongo que el otro lo consideraría algo rudo y descortés. Aunque, ¿por qué querría hablar de ti cuando puedo hablar de mí misma, que soy mucho más interesante? Aclaro que esta soltería elegida no es porque me crea que formo parte del cast de *Sexo en Nueva York* o pronuncie frases hechas tipo «Soy fabulosa» o «Los hombres son de usar y tirar». Aun así, debo decir que la serie es fantástica, claro, a excepción de Carrie Bradshaw, que es uno de los personajes más insufribles que se han hecho en toda la historia de la televisión. Ya podía estar Miranda, su mejor amiga, a punto de ser asesinada a punta de pistola, que Carrie seguiría hablando sobre Mr. Big. Señora, cállese, se lo suplico. Aunque, ahora que lo pienso, Carrie y yo nos parecemos bastante. ¿Yo dejaría que a Maca la matara un francotirador? Supongo que no, a menos que tuviese que elegir entre ella o yo, porque entonces elegiría un precioso vestido para su funeral.

Con respecto a no salir con ninguna persona, no tenía nada que ver con interpretar el papel de una mujer liberada que prefiere estar soltera y corretear por Manhattan, tenía que ver con que yo no quería salir de mi habitación.

Treinta y una semanas

Llegué a casa y me metí en la cama, con ropa y zapatos incluidos, porque estaba deprimida y porque soy un poco guarra. Me gustaría ser como esas mujeres estilosas que vuelven del trabajo con su traje de chaqueta rojo impoluto, dejan su bolso de marca en su exultante recibidor y se dirigen a su minibar para servirse un vino en una copa preciosa y se lo beben mientras leen a Sylvia Plath o ven en la televisión un biopic de Billie Holiday. Estaba imaginando mi vida en una bonita casa de estilo nórdico cuando sonó el timbre.

Al abrir, ahí estaba Elena. Últimamente estaba detrás de todas las puertas que se abrían. Llevaba una maleta y tenía el rímel corrido, sollozaba pero las lágrimas no le llegaban a brotar. Cuando éramos pequeñas, Elena siempre lloraba para conseguir cosas, nunca lloraba de desesperación o de tristeza, lo usaba como arma para obtener lo que quería. No la culpo, yo había intentado practicar el chantaje emocional en numerosas ocasiones, sin éxito. Una vez, cuando teníamos dieciséis años, se emborrachó con una ginebra de calidad cuestionable; la conseguíamos por unos siete euros el litro y nos la vendía un señor que tenía pinta de tener a seis adolescentes en su sótano a las que había dejado embarazadas, lo que nos transmitía mucha confianza en él como proveedor. Elena se puso a vomitar como una loca a la tercera copa. Por mi parte, yo ya me había acostumbrado a la reacción que el alcohol generaba en mi cuerpo, mi hábito de beber era tal que me daba rabia ver cómo mis amigas se emborrachaban con tanta facilidad. Por esa época, solo quería caerme redonda en un parque como una chica normal. Elena vino dando tumbos hacia mí, llevaba el vestido manchado de vómito, y llorando como una desquiciada me suplicó que le cambiase la ropa, que si su madre la veía en esas condiciones las consecuencias serían terribles. Para no escuchar sus lloros acepté ponerme un vestido dos tallas más pequeño y volver a mi casa apestando a fluidos ajenos. Al ser hija de padres divorciados obtuve dos respuestas diferentes: mi padre estuvo dos meses sin dirigirme la palabra, como buen pasivo-agresivo que es, y mi madre me apuntó a yoga. Nunca dije que ese vómito no era mío, porque entonces tendría que haberles contado que yo no vomitaba no porque no bebiese, sino porque lo hacía demasiado.

—He dejado a Javier.

Acto seguido, entró con su maleta rosa de cuero de Louis Vuitton y su embarazo de treinta y una semanas. Llevaba un traje de chaqueta blanco de seda, maravilloso, impoluto, perfecto. Cada vez que hacía un gesto, la tela se movía con ella con tanta gracia que parecía una segunda piel. A mí jamás me quedaría bien un look como ese. Elena dejó su Kelly de Hermès en mi mesa llena de papeles. Me hizo gracia que llevara ese bolso, porque se cuenta que a finales de los años cincuenta Grace Kelly, estrella de Hollywood y princesa de Mónaco, fue fotografiada con este bolso ocultando con él que estaba embarazada, usándolo a modo de barrera, de protección. El Kelly le guardó el secreto. Gracias a ella, el bolso adquirió fama internacional. Es un bolso carísimo, pero vale cada céntimo que cuesta o quizá no, pero soy bastante superficial. Todo lo que llevaba puesto Elena en ese momento costaba más que todos mis muebles.

—¿Cómo que has dejado a Javier? —pregunté mientras daba vueltas por mi salón como si fuera un roedor.

La invité a sentarse. No quiso.

—¿Tienes algo de beber, amor? —preguntó con ansiedad.

Asentí con la cabeza y fui a la cocina a por un vaso de agua. Escuchaba los gritos de Elena desde allí. Era incapaz de darse cuenta de que me había ido y seguía hablando en bucle.

—¡No podía más! Estábamos comiendo en casa una dorada que había preparado la chica. Asquerosa, por cierto. Él me hablaba sobre un hotel que está construyendo en el centro, me decía que había ido a supervisar la obra, y yo no podía dejar de pensar en cuánto me habría gustado que le hubiese caído una viga gigante en la cabeza.

Le di el vaso de agua. Lo cogió sin mirarme.

—Todas las parejas tienen problemas, Elena —traté de apaciguar.

—¡Quiero a mi marido, pero a veces lo quiero muerto! ¿Es que no te das cuenta? Así que he terminado de comerme la dorada. Qué asco, deberíamos despedir a la cocinera —remarcó—. Luego he subido a mi cuarto, he hecho el equipaje y le he dicho a Adolfo que me trajese aquí.

—¿Quién es Adolfo?

—Mi chófer —dijo encendiéndose un cigarro que había cogido de mi mesa.

Elena se sentó en el sofá con despreocupación. Acto seguido, miró a su alrededor, se levantó y sacudió la parte donde se había sentado. Con cierto desagrado, se recolocó.

—Oye, no seré yo quien te diga lo que tienes que hacer, pero lo de fumar… A ver si te va a salir el bebé como Bukowski o como Terelu —expliqué.

—¿Sabes lo que es haberte casado con alguien con quien no tienes nada en común?

La verdad es que no lo sabía, no podía empatizar con eso, jamás había estado casada.

—Vas a tener un hijo con él, algo os complementáis, aunque solo sea su semen de octogenario fecundando tu óvulo. Eso es un mérito.

Elena suspiró y bebió un sorbo de agua.

—¿Y esa maleta? Ya te digo que este sofá no es apropiado para una embarazada, Maca lo encontró en la basura.

—Sí, tienes razón. Gracias, amor. Es mejor que tú te quedes en el sofá y yo en tu cama —sentenció.

Acto seguido, se levantó, cogió su maleta y fue a instalarse en mi habitación. Intenté pararla, pero me esquivó como si yo fuera un objeto inanimado, un ficus que formaba parte de la decoración de la casa.

—¿El edredón es de pluma natural? —me gritó la embarazada desquiciada desde el cuarto.

—Es de Ikea, pero…

Escuché las llaves de la puerta, sería Maca llegando a casa. Me puse nerviosa, como si fuese culpa mía que nuestra amiga desequilibrada de la infancia hubiese aparecido en nuestra casa sin avisar y para quedarse. Maca entró; llevaba una bolsa con dos kebabs en una mano y su mochila rosa de exploradora en la otra.

—¿Qué pasa, chochi? —me preguntó.

—Nada. ¿Eso es comida? —contesté para distraerla.

Elena volvió a gritar desde la habitación.

—¿Tampoco tenéis sábanas que no sean de poliéster? No puedo usarlas, me dan alergia.

Maca dejó la bolsa de comida en la mesa sin disimular su mosqueo.

—¿Qué hace esta aquí?

Me encogí de hombros y saqué uno de los kebabs de la bolsa.

—Lo ha dejado con Javier.

—¿Cómo que lo ha dejado? ¿Y piensa quedarse aquí? No puede ser… Este es nuestro piso de la suciedad, nuestro zulo… ¡No quiero vivir con ella! ¿Y si ligo con alguna pajarita? Aquí tres no cabemos… ¿Va a pagarnos alquiler? Tía, podemos decirle que nos pague su parte y le pasamos todo. Ni se va a enterar.

—¡Cállate, que te va a oír!

Elena salió de la habitación con un vestido de lentejuelas que le quedaba exageradamente ajustado a causa de su barriga gigante.

—¿Adónde se supone que vas así? —preguntó Maca.

—Esta noche nos vamos de fiesta. ¿Sabéis el tiempo que llevo sin salir?

—Pero si salías mucho con tus amigas de Pozuelo, ¿no? En Instagram se te veía con mucha vida social —dijo Maca.

—Sí, pero solo les gustaba ir de brunch.

—Menudas zorras —soltó Maca con sarcasmo.

—No nos vamos a ir de fiesta contigo, Elena —dije.

—Claro que sí, vamos a salir porque lo necesito y vosotras haréis el esfuerzo porque sois mis amigas. ¿Lo entendéis? Eso es lo que hacen las amigas, estar para todo. Igual que yo he estado para vosotras, ¿o no?

—¿Cuándo has estado tú para nosotras? —dije.

—Miles de veces. Te regalé un bono por tu cumpleaños para unas sesiones de mesoterapia. Eso solo lo hace una buena amiga que se preocupa por esas piernas tan feas que tienes.

—Gracias.

—Venga, yo salgo… A mover el esqueleto con la embarazada ciclotímica —se animó Maca.

—Nos lo debes —insistió Elena.

Me hizo gracia esa imposición, ¿cuánto les debes a tus amigos? ¿Cuánto te pueden exigir? ¿Cuánto puedes exigirles tú? ¿Son relaciones bidireccionales? Aclaro que no hay nada que me cause más reticencia que las personas que dicen cosas como que «la familia es la que tú eliges» y «tu familia son tus amigos». No, perdona, tu familia es tu familia y tus amigos jamás se harán cargo de todo lo que conlleva soportarte a ti, persona disfuncional que me estás leyendo. Te lo explicaré con un ejemplo: si te quedas sin trabajo y no puedes pagar el alquiler es posible que algún amigo o amiga te acoja en su casa unos meses, pero te aseguro que si la cosa se dilata demasiado en el tiempo, la relación se resentirá y pronto te pondrá de patitas en la calle. Esta es una decisión que nunca tomarían tus progenitores, los cuales tienen interiorizado que tú supones una responsabilidad para ellos hasta el lecho de su muerte por el único motivo de haberte traído al mundo y, por mucho que les incordie tu existencia, suelen hacerse cargo. Además, si no se responsabilizan de tus errores en un primer momento, siempre es más sencillo emplear el chantaje emocional con ellos que con los que llamas tus amigos. Hazme caso, si tus amigos son pobres te será muy complicado conservar la amistad si les reclamas demasiado. Si tu amigo es Elon Musk, entonces no me meto. Este ejemplo que he puesto no aplica si tienes una familia desestructurada y distante que jamás se ha ocupado de tus necesidades. Si es el caso, siento comunicártelo por esta vía: por más amiguitos que tengas, estás solo en el mundo.

Maca y yo hicimos una lista sobre cómo debían ser las relaciones de amistad para que funcionaran, y creo que acertamos en todo:

1. Jamás le prestes a un amigo o amiga más de cien euros. Es posible que nunca vuelvas a ver ese dinero. Esto vale para libros, ropa y otras cosas materiales.

2. Si habéis discutido, cede y no seas orgulloso. A nivel práctico, es mejor tener a alguien con quien hablar que estar solo.

3. No le hagas sentir que estarás para él/ella de forma incondicional. Tú sabes que no.

4. Critícale siempre, pero a sus espaldas.

5. Nunca te comprometas con cosas que sabes que no vas a cumplir. Luego es muy tedioso elaborar excusas.

6. Pon límites, no dejes que te hable de su ruptura durante nueve meses sin descanso.

7. Si un amigo necesita compañía para beber, quédate a su lado. Así te aseguras de que tú también tendrás la suya en un futuro.

8. Puedes sentir envidia de tus amigos y desearles el mal, siempre y cuando no se enteren.

9. Si tu amigo te pregunta tu opinión acerca de un aspecto de su vida, ya sea cómo le queda una prenda de ropa, si necesita bótox o sobre su relación amorosa, miente siempre. Si piensas que su pareja es un incompetente, no tiene por qué saberlo.

10. Nunca empieces un negocio con un amigo porque acabará mal. Hazme caso, aunque creáis que vosotros sois diferentes al resto, no lo sois.

—Mira lo que he encontrado en tu mesilla. ¿Esto es hoy?

Elena sostenía en una mano el flyer que me había dado el Camisetas.

—Pero ¿de dónde lo has sacado? —pregunté.

—Estaba en tu bolso. Quería ver si tenías tabaco. —Movió el paquete que tenía en la otra mano. Era el mío—. Venga, vamos. Además, lo hago más por vosotras que por mí, amores. Vaya cara de amargadas tenéis, ni que fueseis vosotras las que vais a ser madres.

Maca le arrancó el flyer de las manos.

—Pero ¿esto qué mierda es? ¿Este es de tu curro? En serio, es hombre, heterosexual y cómico. Tantos defectos juntos ya es por joder —comentó entre risas.

—Ok, pero volvemos pronto —dije mirando el folleto.

—No, no, hoy fiesta. ¡A darlo todo! —Elena no desistía.

Dicho esto, encendió uno de mis cigarrillos y tiró la ceniza de la primera calada en la alfombra.

Treinta y una semanas (II)

Salir por la noche con una embarazada en avanzado estado de gestación no encajaba precisamente con mi idea de darlo todo, pero allí estábamos, viendo el monólogo de una persona que me importaba tres cojones. Me fui a la barra a pedir. En el escenario había un chico bajito, con el pelo graso y una camiseta de una de estas series de animación para adultos que le suelen gustar a las personas a las que sus padres no les quieren. Estaba hablando del Satisfyer, el dispositivo que presuntamente asegura el orgasmo femenino, y decía cosas como que era una amenaza para los hombres, ya que era aún más difícil ligar desde que las mujeres contábamos con esa arma de destrucción vaginal masiva. Me reí, no por su chiste, sino porque no me imaginaba a ese chico ligando; dudo que le hubiese resultado sencillo antes del Satisfyer, teniendo en cuenta que ni siquiera parecía humano. Era de esos que parecen un señor y un niño al mismo tiempo. Como no me apetece ser demasiado rebuscada, simplemente diré que era feo.

Me resultan curiosos los hombres que piensan que las mujeres somos unas lagartas de mucho cuidado, la mismísima encarnación de Satán que vive con el objetivo de aprovecharse de ellos, de su alma pura y de su dinero. Vamos a ver, cobras mil cien euros como comercial a puerta fría en una empresa de Móstoles, ¿de qué dinero hablas? ¿Aprovecharnos de qué exactamente, si vives con tu madre? Por favor, haz la cama, lávate el pelo, limpia el semen de tu teclado y los restos de gusanitos del mando de la PlayStation y dúchate.

Contradiciéndome un poco, debo decir que a mí me encanta el dinero. Es algo que no puedo evitar, me maravilla, me emociona. De hecho, cuando alguien me dice que le conmueve mirar un cuadro, me sorprende muchísimo porque a mí me conmueve más un fajo de billetes de quinientos que un Kandinsky. Desde siempre me han fascinado los ricos y sus problemas, que van desde necesitar una moto para llegar a su avión privado o lo complicado que es adquirir un Birkin sin comerse la lista de espera. No digo que los ricos solo tengan estos problemas, también tienen muchos quebraderos de cabeza para intentar defraudar a Hacienda y para decirles de forma hiriente a sus asistentas que no pueden usar el baño principal. No se valoran lo suficiente los esfuerzos creativos por parte de los ricos en pagar los menos impuestos posibles para poder gastar lo máximo en ellos mismos. En resumen, a mí me encanta el dinero, la plata, la harina, el billullo, la guita, la mosca, el menudo, los pesos, la astilla, el baro, la pasta, el money, el juaniquiqui, el melón, la guansa, el piticlín, el guiso… ¿Sabéis cuánto se sufre cuando algo te gusta mucho y no lo tienes? Se sufre más que siendo miserablemente pobre. Mi terapeuta siempre me comenta que debo encontrar otras motivaciones que me llenen, y las tengo, desde luego, pero todas cuestan dinero. Cuando era niña, siempre fantaseaba con casarme con mi príncipe azul, pero, al contrario que los de mis amigas del colegio, mi príncipe azul era un viejo de noventa y cinco años a punto de morir de un ictus. No quiero ser explícita, pero esas dos palabras me ponen bastante cachonda: «viejo» e «ictus». Dos términos que combinan a la perfección, como el pan y el queso, como Sancho Panza y don Quijote, como Ross y Rachel, como el negro y el blanco. Casarme con un anciano y heredar su fastuosa fortuna era mi objetivo vital, tan respetable como cualquier otro. Cada uno tiene sus objetivos vitales, el mío era ese. De momento no había conseguido atrapar a la gallina de los huevos (caídos) de oro, pero no perdía la esperanza. Aunque debo señalar que esos señores cada vez son más y más exigentes. Ahora, al parecer, los vejestorios millonarios quieren a una modelo de Victoria's Secret para que les laven su arrugado escroto en una bañera adaptada. Como si eso no pudiese hacerlo alguien como yo, y lo haría con gusto y una sonrisa. Sería la mujer perfecta, abnegada y entregada a sus cuidados, y cada noche me acostaría tan ilusionada como una niña en la noche de Reyes, pensando que a la mañana siguiente me encontraría con un regalo perfecto a mi lado: un señor muy frío. Esto puede que no suene nada feminista, Gloria Steinem estaría horrorizada si leyese este párrafo, pero qué puedo decirte, Gloria, no soy perfecta, no soy Taylor Swift.

El niño-señor que hacía el preshow acababa de presentar al Camisetas, que salió con una de sus prendas más preciadas, una camiseta en la que se leía: I AM SIMPLE. No le faltaba razón. Tras saludar al público, empezó a contar algo sobre los pistachos. Era de esos cómicos que contaban cositas pequeñas, ese humor para todos, ese humor para niños y mayores, ese humor terrible. Me alegré de que fuese aún peor de lo que me había imaginado.

Elena me sacó de mis pensamientos.

—¡Pídeme una copa! —aulló.

Yo no quería discutir y tampoco era mi hija, así que se la pedí. Bueno, pedí dos. El camarero nos puso los gin-tonics con dejadez, Elena cogió el suyo con ansia y se bebió medio de una sentada.

—Esto es terrorismo, espero que juzguen a esta persona en el tribunal de La Haya por no tener ni puta gracia. ¿Con este trabajas tú? No me extraña que el programa sea una bazofia. No sé qué hace esta gente ahí arriba. Deberías estar tú ahí —soltó Maca antes de coger mi gin-tonic sin permiso y darle una sentada.

Me encogí de hombros. Elena nos abordó atropelladamente.

—¡Chicas! Tenemos que irnos a bailar. ¡Marcha, marcha! —gritó Elena.

Se movía al ritmo de una música imaginaria, pero desde fuera parecía alguien que se había escapado de una institución mental, aunque, eso sí, con un gusto exquisito para los bolsos de marca. Su Celine, un bolso Triomphe de piel de becerro con cierre de dos mil cuatrocientos euros, se movía con el vaivén de su cuerpo. Pensé en robárselo esa noche y convencerla de que lo había perdido.

—Venga, por mí vale. Terminamos esto y nos vamos —contestó Maca apurando mi copa.

Envidiaba a Maca en ese sentido, ella conseguía vivir siendo libre, o eso creía, sin el sentimiento de culpabilidad constante que me perseguía sin descanso.

—Eso, eso… ¡Hoy ligamos! —gritó Elena.

Nos estábamos terminando la copa cuando llegó el Camisetas. Yo no había prestado atención al monólogo porque estaba pendiente de que Elena no se resbalase con los restos de cerveza del suelo y tuviese un aborto en un bar tan cutre. Los abortos hay que tenerlos en camas con sábanas blancas y limpias mientras tu ama de llaves te pone paños fríos en la frente, o en el probador de un Bershka, eso lo sabe todo el mundo.

—¡Has venido! —dijo—. ¿Te ha molado?

—Sí, sí, ha estado bien —mentí.

—Bueno, desde aquí no creo que se escuchase mucho —apuntó con un tono un poco pasivo-agresivo.

No sé por qué a este tío le importaba tanto si había escuchado sus juegos de palabras y sus comentarios sobre los frutos secos. Me apetecía gritarle a la cara que no me interesaba nada su monólogo y que, de hecho, me alegraba bastante habérmelo perdido. Además, yo sí usaba mi cerebro para cosas sustanciales y necesitaba espacio para almacenar todos los episodios de *The Simple Life*, para poder repasarlos en mi mente cuando hablaba con gente como él. Estaba agotada de que los hombres pensasen que era importantísimo escuchar TO-DO lo que tuviesen que decir. No sé quién se había encargado de transmitirles que cada cosa que se les pasa por la cabeza es relevante y, sobre todo, que es extremadamente necesario y urgente que ese pensamiento sea compartido con el resto del mundo ¿Por qué a ellos les enseñan a conquistar espacios y a nosotras a ocupar los mínimos posibles? Es una realidad palpable que a las mujeres culturalmente nos instruyen para ocupar poco y que así quede sitio para todas las opiniones de ellos. El Marikondo de la sociedad patriarcal. Doblan nuestros pensamientos para meterlos, perfectamente ordenados, en un cajón donde nadie pueda verlos.

—Se oía suficiente —mentí de nuevo.

—Están ahí los del curro. Nos vamos a tomar algo al Ocho y Medio, ¿venís?

—Sí, a lo mejor nos pasamos luego —mentí por tercera vez.

Levanté la vista y vi a Elena bebiéndose su tercer chupito.

—Eso, nos pasamos, ¿no? —dijo metiéndose en la conversación.

El Camisetas la miró sorprendido, le parecería raro que una mujer embarazada de casi ocho meses estuviese ahí bebiendo ginebra como una condenada. Su mirada condescendiente me molestó. ¿Sabes esos tipos que en el trabajo te parecen unos trepas pero luego los conoces fuera y se muestran encantadores porque, como buenos sociópatas que son, disocian estupendamente? Pues no era su caso. Me cayó peor que en la oficina.

—Me han dicho que a lo mejor en un mes, cuando lo haya rodado, me llaman para hacerlo en *INSERTAR PROGRAMA DE COMEDIA MASCULINO*. Estoy un poco acojonado, no sé si estoy preparado —dijo el Camisetas en su versión más modesta.

—Pues no, no lo estás. —Me había cansado de mentir.

Fuimos a regañadientes a una de esas discotecas llenas de estudiantes donde ponen copas baratas. Nos quejábamos, pero era lo que nos podíamos permitir Maca y yo, aunque nos negásemos a reconocerlo. No éramos mejores que nadie que estuviese en ese bar. De hecho, esto nos convertía en personas bastante despreciables, porque lo mínimo que se le puede pedir a alguien de treinta años en la vida es que pueda pagarse una copa en un sitio decente.

Elena estaba absolutamente descontrolada, y lo confirmé cuando vi que se abría paso con la barriga para llegar a la barra. Temí más por el bolso que por el bebé.

—Bueno, me lo estoy pasando como nunca —dijo cuando volvió. Luego sacó una barra de Mac y se pintó los labios fatal mirándose en la pantalla del móvil—. Por cierto... —bajó la voz— he visto a una chica al otro lado de la barra metiéndose... cocaína...

—En este sitio no hace falta que bajes la voz para decir «cocaína», en serio —dijo Maca entre risas.

—COCAÍNA, COCAÍNA, COCAÍNA... —empezó a gritar como si fuese la cosa más divertida del mundo.

Es un hecho constatado que las personas que se emparejan y comienzan a socializar menos por la noche, el día que salen se desatan. Por eso hay tantos dramas en las cenas de Navidad de las empresas. Al final, el de recursos humanos, que lleva sin salir de fiesta desde la cena del año anterior, acaba con una pierna rota y sin cartera, hasta arriba de ketamina, en un portal de Tirso de Molina.

—La madre que te parió —dije yo, y eché un vistazo a nuestro alrededor.

La gente nos miraba como si fuéramos el cast de *Las chicas de oro* y nos hubiésemos escapado de la residencia. Los estudiantes sudorosos se restregaban al ritmo de canciones que no reconocíamos. La gente al pasar nos empujaba.

—Elena, ¿qué vas a hacer con Javier? ¿No crees que deberíais hablar? Este señor estará preguntándose dónde coño estás. Esto parece la película de *Perdida*, pero dirigida por Berlanga —comentó Maca.

En ese momento, pasó un chico que le tiró media copa por encima.

—Me cago en todo. ¡Malditos niñatos de mierda! —exclamó.

—Lo que voy a hacer es tomarme un tiempo, porque me lo debo —contestó Elena.

—Sí, pero hay cosas que no paran —dije señalándole la tripa.

Maca se estaba limpiando con un pañuelo el líquido, que se había extendido por toda su camiseta blanca.

—Es que lo del bebé es una movida. Eres consciente, ¿no? —dijo Maca.

—¿Crees que no lo sé, amor? Pero necesito esto. Es una situación complicada, no lo entendéis porque vivís como si tuvierais veintitrés años.

En eso tenía razón. Lo pensé, pero no lo dije.

—Vamos a ver, estamos hablando de ti, Elena —replicó Maca.

—Deberías reconsiderar un poco la situación, de verdad. ¿Qué vas a hacer cuando nazca la niña? —pregunté.

Elena hablaba sin parar de moverse al ritmo de la música.

—Mirad, os lo agradezco, pero no necesito que me digáis absolutamente nada, porque no tenéis ni idea. Os falta recorrido, amores. Esto siempre ha sido así. Desde que éramos pequeñas —replicó.

—¿El qué ha sido siempre así? —preguntó Maca con rudeza.

—Pues que miráis por encima del hombro y juzgáis a todo el mundo, pero no hacéis nada con vuestras vidas. No os lo digo a malas, pero sois unas crías y os quedan un par de años para parecer un pelín patéticas —respondió con seguridad.

—Bueno, Elena, no me jodas. Eres tú la que estás con todo este lío —dije señalando otra vez su barriga.

—Ya, pero yo he hecho algo con mi vida y vosotras seguís en el mismo punto en el que os dejé hace cinco años —sentenció.

No nos dio tiempo a responder, Elena se dio la vuelta y se puso a hablar con un chico. La verdad es que tenía razón, éramos patéticas. En su favor diré que no creo que haya nada más honesto y altruista que considerar pasar el resto de tu existencia con alguien a quien desprecias, solo por dinero. Es más sacrificado que aceptar un trabajo que no te gusta; al menos, en el trabajo no tienes que comerle los huevos a tu jefe o, por lo menos, no siempre. Elena era como Malala, pero a ella jamás le darían un Nobel porque era blanca y tenía hecho el alisado de keratina.

Miré a Maca. En ese momento, me cogió la mano y la apretó con tanta fuerza que me hizo daño. Cuando hacía eso, tenía claro que no era para reconfortarme a mí, sino a ella, pero me ayudaba igual. Maca sabía cómo hacerme sentir menos sola, que no es lo mismo que hacerte sentir más acompañada. Es completamente diferente.

—Es que la odio —dijo Maca sin dejar de mirarla.

Elena bailaba sin control moviendo la cabeza a un lado y al otro. El chico intentaba colocarse para arrimarse a ella pero le era imposible.

—Es insoportable —añadí.

—Lo es —contestó Maca.

—Pero tiene un poco de razón.

—Un poco. Pero eso no hace que deje de odiarla.

—Verdad.

Pusieron una canción que Elena reconoció, creo que era de Aitana, y se volvió completamente loca. La gente de su alrededor la miraba con miedo.

—Me agota —suspiró Maca—. Por cierto, ¿te acuerdas de que me lie con la higienista dental que conocí cuando me puse este empaste? —comentó abriendo la boca y enseñándome su molar.

—Pues no —respondí.

—Claro que no… porque va a pasar esta noche. ¿Te importa que me pire? Es que me ha escrito y, francamente, una tiene que poder librarse de esto… ¿Es mucha putada si te dejo con Courtney Love?

Negué con la cabeza.

Maca se despidió y, al levantar la mirada, vi que Elena le estaba comiendo la boca al estudiante. Seguro que era uno de esos adictos al onanismo a los que les ponen las embarazadas y se pasan el día buscando vídeos con títulos como «White Lady Filled With Cum in Her Pregnant Pussy». Cuando la acosté en mi cama, no sin antes quitarle el vestido completamente cubierto de vómito, pensé que al menos esta vez no me lo había hecho poner, la muy cabrona. Le di un beso en la frente y me fui a dormir al salón.

Treinta y dos semanas

La primera cómica que me obsesionó fue Joan Rivers. Ella siempre decía que había triunfado por el mero hecho de decir lo que los demás estaban pensando y no se atrevían a verbalizar. Desde que era niña, yo solo sabía que me encantaba el poder y que quería conseguirlo exactamente igual que ella: haciendo reír a la gente. Cuando las personas se divierten se convierten en seres vulnerables, por lo que hacerlas reír es un tipo de manipulación sutil. Joan no lo tuvo nada fácil; nunca lo es, para mí tampoco lo fue, para ninguna, no importa a qué te dediques. Excepto si eres Victoria Federica, que entonces a lo mejor sí, aunque no es fácil combinar los tonos tierra con la destreza con la que ella lo hace, y no digamos ya fumarse esos cigarros más grandes que su cabeza.

La vida de Joan es el perfecto ejemplo de por qué en comedia, aunque tengan un talento descomunal, palpable y real, las mujeres no consiguen jamás llegar al lugar en el que están ellos, aferrados como garrapatas. Joan Rivers hizo su primera aparición en 1965 en el programa de Johnny Carson *The Tonight Show*. El presentador era uno de tantos, como el Señor de la Papada, uno más, nada especial. Que una mujer cómica visitara ese programa resultaba algo tan inusual como matar un mosquito con un dardo. Era tan carismática, divertida y rápida que supo ganarse a Johnny Huevos Largos, y eso que se comentaba que era muy difícil impresionarlo; ellos siempre tan exigentes con los demás y tan poco consigo mismos. Es hora de reivindicar la tremenda injusticia que supone que una mujer tenga que ser brillante para destacar, me encantaría que miles de mujeres mediocres y sin gracia ni talento llenaran todos los canales y plataformas, reproduciéndose tan rápido como una plaga de chinches.

En los años setenta, Joan estuvo increíblemente volcada en *The Tonight Show*, hizo monólogos, secciones y fue presentadora sustituta. El problema llegó cuando Fox Network le ofreció en 1986 su propio programa de entrevistas, *The Late Show*, convirtiéndola en la primera mujer en tener un *late*. Cabe señalar que todos los cómicos habían ido dejando a Johnny, con la bendición de este, para hacer sus propios programas. Fue el caso de Bill Cosby (aunque dudo que el de Bill lo viera mucha gente, en especial las mujeres a las que violó estando inconscientes), David Brenner o George Carlin. Pero claro, que Joan dejara *The Tonight Show* suponía una traición, un ultraje, una infamia, como si su marcha convirtiera automáticamente el pene de Johnny en una pequeña nuez de macadamia. El fin de semana antes de que se anunciara el nuevo programa de Rivers, al parecer, se filtró la noticia. Joan dijo que ella trató de comunicarse con el cómico y, cuando finalmente lo consiguió, Carson le colgó el teléfono. Por este motivo, el programa de Rivers empezó con mal pie. Afiliados locales se negaron a transmitirlo por lealtad a este señor, al que le habían herido en su precioso e intocable orgullo, y no hay nada más agotador y, sobre todo, más letal que un hombre con el orgullo herido. El equipo de *The Tonight Show* hizo saber que cualquier persona que apareciera en el programa de Rivers sería vetada en el de Carson, por lo que conseguir invitados fue una tarea casi imposible. El programa duró nueve meses y ella se quedó sin show y endeudada hasta las cejas. Él continuó cosechando éxitos con el suyo y, además, sacó tiempo para construirse una máquina perfecta con la que sujetar sus tremendos huevazos.

Maca vino conmigo al primer *open mic* al que acudí. Me acompañó para ser testigo de cómo su amiga se inmolaba delante de aproximadamente diez personas, entre las cuales se encontraba un grupo de chicos de unos treinta y cinco años que estaban de despedida de soltero y que llegaron a increparme para que me fuera. Desde ahí arriba podía apreciar sus caras sudadas y enrojecidas a causa del alcohol, parecían cerditos emitiendo gruñidos y revolcándose en una pocilga llena de esmegma espeso y caliente. Me dieron ganas de bajar y ahogarlos con mis propias manos, agarrar con fuerza sus cuellitos gordos durante un largo rato hasta que dejaran de respirar. No se rio nadie durante mi intervención. Estuve a punto de bajarme los pantalones y cagarme en el escenario para utilizar el último recurso de comedia inteligente que me quedaba.

Al salir de ese local nauseabundo que destruyó mi autoestima, Maca me abrazó sabiendo perfectamente la huella terrible que todo eso me había dejado. Ella, por su propia experiencia, había estado en numerosos castings en los que le habían dinamitado sus últimos resquicios de amor propio y era conocedora de absolutamente todos y cada uno de mis sentimientos.

—No pasa nada. Ya saldrá mejor —me dijo—. A Joan tampoco le resultó fácil.

—De hecho, nada fácil —confirmé.

Luego lo hice muchas más veces, con más o menos fortuna, pero nunca llegué a disfrutarlo del todo. Es muy complicado hacer reír a la gente, es más sencillo hacerles llorar, bien contándoles una desgracia que ha marcado tu vida o bien clavándoles un tenedor en el ojo. Decía Joan Rivers que la comedia era su droga, que no necesitaba sustancias o alcohol porque esa alegría la obtenía actuando. En eso es casi en lo único que no estoy de acuerdo con ella.

Entré pronto en la consulta de mi psiquiatra. Siempre me daba pereza acudir a terapia; en realidad, a cualquier sitio, por eso procuraba tener todo cerca: mi casa estaba a cinco minutos de mi trabajo y mi trabajo a cinco minutos de mi terapeuta, y no acudía a ningún sitio que estuviese a más de siete minutos caminando. No me gusta moverme y tampoco andar. No entiendo a la gente que camina por gusto. ¿Adónde van? ¿Qué buscan?

Llevaba yendo a terapia desde los doce años, desde que en el colegio les dijeron a mis padres que tenía un problema de gestión de la ira, depresión y déficit de atención; esto último no lo tenía, simplemente me importaba tres narices lo que tuviesen que contarme. Yo era la que tomaba la decisión consciente de no escuchar. Es curioso cómo se interpreta la conducta del niño para achacarle la responsabilidad de lo que sucede, como si la infancia tuviese la culpa de que los adultos fueran un verdadero incordio. Había pasado por infinidad de terapeutas y por diferentes corrientes y teorías: humanistas, conductuales… incluso hubo uno que intentó relacionar mi depresión con una vez que mi madre me regaló una falda pantalón. Al final, me di cuenta de que solo necesitaba una cosa: drogas bajo prescripción médica. Estaba segura de que en alguna ocasión había tomado tantas pastillas que podrían haberme extirpado el hígado en mi habitación para venderlo en el mercado negro y no me habría enterado. No estoy diciendo que esto esté bien, pero al menos aún no me había metido en el maravilloso mundo de los opiáceos. No podía esperar a tomarme un anestésico con el que dormir para siempre, pero conseguir fentanilo y morfina en España es complicado y no quería líos. Me consolaba pensar que no podía ser una verdadera adicta si me daba pereza conseguir según qué cosas.

Mi psiquiatra actual era una mujer de unos cincuenta años que vestía fatal. No debería haber puesto mi salud mental en manos de alguien que tenía un gusto tan terrible para la moda; esto es en lo primero en lo que debes fijarte a la hora de elegir un terapeuta, es obvio. Pero bueno, al fin y al cabo, solo necesitaba una cosa: sus recetas. Esa mañana me senté y le conté que estaba muy deprimida, era perfectamente consciente de que no me prestaba la atención necesaria, pero yo tampoco se la requería, en parte porque también sabía que no la merecía. Como cada vez que acudía, ella me preguntaría dos cosas: que cómo me sentía, a lo que yo respondería que fatal. Cada vez que respondía a sus preguntas, siempre tenía la sensación de que estaba actuando, a pesar de que era completamente cierto. Me resultaba curioso ver cómo me había acostumbrado a vivirlo todo como si lo estuviese fingiendo. También le comenté que una amiga embarazada se había instalado en mi habitación desestabilizando y complicando bastante mi existencia, basada en estar dentro de la cama. La segunda cosa que me preguntaría era qué tal me iba con las pastillas, y aquí yo contestaría que casi no me hacían nada. Tras un par de silencios incómodos, me extendería una receta y me marcharía de allí. Eso fue exactamente lo que pasó. No quiero decir que los profesionales de la salud mental no sean eso, profesionales, pero yo había seleccionado a esta persona precisamente porque no lo era.

Al salir de la consulta, fui al baño a mear. Me senté en la taza y observé la receta que sostenía entre mis manos. Mi triunfo del día, un pequeño paso para la industria farmacéutica y un gran salto al vacío para la mujer depresiva. Leí en algún artículo que las mujeres tomamos entre dos y tres veces más psicofármacos e hipnosedantes que los hombres, cosa que no me extraña, porque no sé cómo podríamos aguantar todo esto sin drogas. No se nos puede pedir que sigamos existiendo en una desigualdad apabullante, viviendo en la preciosa discriminación que nos ofrece el machismo estructural y sistémico, y encima que lo hagamos sobrias.

Cuando fui a limpiarme, vi que me había bajado la regla y era consciente de que no tenía ningún producto de «higiene femenina» (esas dos palabras juntas deberían considerarse terrorismo). Miré a mi alrededor, no había papel, ni siquiera estaba el cartón. ¡Mierda! Desesperada, tomé la única decisión posible: me coloqué la receta para que actuara de barrera protectora contra el torrente sanguíneo que procedía de mi endometrio. Esto reafirmaba aún más mi mensaje anterior: las mujeres necesitábamos esas malditas recetas. Salí de la consulta andando como si tuviera un problema de movilidad.

Una vez en la calle, entré en la primera cafetería que vi y pedí un café para poder usar el cuarto de baño, rezando por que hubiese papel. Cuando estaba cogiendo el café, alguien me tocó el hombro y, del susto, se me cayó el contenido hirviendo en la mano. Genial, ahora tenía una quemadura de tercer grado en la mano y una receta de antidepresivos y probablemente un nido de bacterias pegados a mi coño.

—¡Me cago en todo!

—Lo siento un montón —dijo el causante de mi quemadura de cuarto grado.

Al girarme vi que era el Camisetas, con una camiseta en la que ponía: I AM NOT A MORNING PERSON. Esta persona ofrecía justo lo que se esperaba de él. Los astros se habían alineado para que me encontrara con él justo en ese momento porque claramente el mundo me odiaba.

Cuando era más joven, siempre pensaba que todo el mundo estaba completamente enamorado de mí, pero luego me di cuenta de que obviamente eso no es del todo cierto, así que soy bastante meticulosa analizando los comportamientos de los demás para no terminar haciendo el ridículo. Pero este caso era un ejemplo claro de acosador: el Camisetas estaba obsesionado conmigo y me perseguía. Me fastidió un poco que fuese un *stalker* tan adocenado; ya que lo tenía, prefería que al menos tuviese barco.

—No te preocupes —dije limpiándome la mano, que se estaba poniendo como la parte oculta de la cara del fantasma de la ópera.

—Te invito a otro —comentó.

Eso no me molestó, porque si hay algo que me gusta menos que el patriarcado es pagar mis propias cosas.

—También quiero un dónut.

—¿Cuál?

—Ese. —Señalé un dónut de chocolate reluciente.

El Camisetas lo pidió junto con dos cafés.

—Lo mío para llevar —dije cuando vi que el camarero ponía mi café en una taza.

—Bueno, quédate y nos lo tomamos en un momento.

Vale, me había invitado, pero no entendía por qué tenía que tomármelo allí con él. Ya tenía suficiente con verlo todos los días en el trabajo. Era sábado y me apetecía tomarme un café con la persona con la que mejor estoy: yo misma. Y además, necesitaba urgentemente ir al baño, la receta empezaba a desollarme el clítoris y no quería que la cosa terminase en ablación. Aun así, me senté en una de las mesas con él.

—Bueno, ¿estás contenta con el curro? —me preguntó.

—Sí, me encanta pedir cafés y comprar cruasanes. Así empezó Tina Fey.

—¿Ah, sí?

—A los veintinueve ya era jefa de guion de *Saturday Night Live*. No parece que llevemos la misma trayectoria.

—Bueno, a lo mejor te llama Seth Meyers para que hagas una sección —dijo riéndose y dándome en el brazo al mismo tiempo—. Espera… ¿Qué es eso que suena? Ring, ring.

Me quedé callada y le pegué un mordisco al dónut de chocolate. El Camisetas carraspeó. Otro defecto más para su interminable lista de fallos.

—A mí me parece bastante injusto que no estés escribiendo, si te sirve de algo.

—No me sirve.

Se revolvió incómodo en su silla. Yo también, pero por motivos diferentes, el papel de la receta estaba empapado y comenzaba a molestarme mucho.

—¿Por qué estás siempre enfadada conmigo?

—No estoy enfadada contigo.

—Pues lo parece.

—Lo que pasa es que no te río las gracias y no puedes soportarlo.

—Me dijiste que te gustó mi monólogo.

—Pues mentí. Está lleno de chistes malos y lugares comunes, aunque eso no me molestaría si no fuese tan aburrido. Es comparable en calidad a lo que hacéis en el programa. Y ahora, si no te importa, me largo porque llevo la receta de mis antidepresivos en las bragas. Y no solo me está haciendo daño, sino que a lo mejor no me la cogen en la farmacia si paso más tiempo aquí contigo.

—¿Y por qué no te subes tú si tienes tanto que contar? Hace mucho que no te vemos por los *open*.

—Porque no me sale del coño.

Dicho esto, me comí el trozo de dónut que me quedaba, me bebí el café y entré en el baño. Cambié la receta médica manchada de sangre por un buen montón de papel higiénico de mala calidad y salí de allí cabreada.

La sensación de ira me duró muy poco, justo hasta que

observé el gesto de pánico en la cara de la farmacéutica cuando le di la receta.

—Imagínate cuánto necesito esas pastillas, querida —le dije con preocupación.

Fue a por ellas sin rechistar. Cuando metió los medicamentos en la bolsa, le temblaban tanto las manos que le costó cinco intentos. Sonreí cuando me las entregó. Ella no.

Treinta y tres semanas

Había ido a visitar a mi madre, como casi todos los domingos. Vivía en Chinchón, un pueblo de Madrid, en una finca enorme, rodeada de perros, campanas de viento y atrapasueños. En la casa tendría unos ocho cánidos y la mayoría tenían problemas de salud, uno era cojo, otro tuerto y así sucesivamente; aquello parecía un centro de Florida para veteranos de la guerra de Vietnam pero lleno de pelos y algo más deprimente. Daba un poco de pena verlos vagar por el jardín buscando alguna sombra o tratando de beber agua sin conseguir atinar, pero mi madre se desvivía por ellos. Ya podría estar yo tirada en la carretera, recién atropellada por un camión de mercancías, desangrándome viva, que si un chucho estuviese al lado en la misma situación mi madre lo salvaría a él.

Mi madre, Mamen, era una mujer de sesenta y cinco años, prejubilada, y solía ir vestida con caftanes de colores vivos y sandalias de esparto. Eso cuando iba vestida, porque no era raro verla paseándose por toda la finca en bolas. Decía que eso la conectaba con la madre naturaleza y le calmaba la ansiedad. No sé cómo podía ser bueno para la salud mental de nadie sentarse con el coño al aire en el jardín, pero ella decía que le servía de mucho. A mí no me molestaba demasiado, excepto cuando llevaba amigas a pasar el día en su casa y mi madre nos ofrecía la merienda completamente desnuda. Por otro lado, era divertido verla preparando «piqui piqui» con el culo al aire. Así era mi madre. Además, intentaba autoabastecerse con un huerto propio y unas gallinas desplumadas que cuidaba en su propia versión de *La doctora Quinn*.

Mis padres se habían divorciado hacía tiempo. Cuando yo tenía dieciséis años, mi madre se largó un día de casa, prácticamente dando un portazo, al grito de que no podía más. Nunca le guardé rencor por ello, porque vivir con mi padre, en una atmósfera conservadora y en parte asfixiante, era bastante complicado. Yo estuve en un colegio religioso hasta terminar el bachillerato porque era el único tipo de educación que él consideraba aceptable. Alguien que se había molestado poco en deconstruirse, pues era un camino arduo y costoso que emprendías para hacerle la vida más sencilla a la mitad de la población. No merecía la pena, claramente. En parte, yo les entendía, supongo que de ser hombre, habría hecho lo mismo. Al contrario que mi madre, mi padre se había vuelto a casar con una mujer que tenía una tienda de extensiones de pestañas en Conde de Casal. Habían tenido una hija, Aroa, un nombre muy apropiado para la criatura de alguien que tiene un local de esas características (ojo, no estoy juzgando, solo narro la realidad empírica).

Mi medio hermana convivía con una obsesión bastante insana con las Kardashian. Tenía una hucha en su cuarto en la que ahorraba dinero para ponerse culo. Con diez años, ya parecía saber lo que era importante en la vida.

Mi madre, a quien le entregaron una hoja de ruta vital en la que tenía que dedicar su vida entera a los cuidados de una hija y un marido demandante, se decantó por cuidar de sí misma y de un montón de perros paralíticos. Además de con los perros, decía que compartía la casa con un fantasma. «La fantasma» en cuestión, según mi progenitora, era una infanta fallecida en 1646, María Ana de Austria, hija menor de Felipe III de España y de Margarita de Austria. Más tarde, por matrimonio, fue emperatriz del Sacro Imperio Romano Germánico y reina consorte de Hungría. Se casó con Fernando III, que era su primo, y tuvieron seis hijos. Por cierto, esta tradición de liarte con tus familiares se ha perdido y creo que es una pena. Tal y como podemos ver con la monarquía actual, listos, listos supongo que no serían los churumbeles. Mi madre conocía todo esto por las sesiones de espiritismo que hacía en su casa con su tarotista de confianza, que además de estafadora tenía que saber mogollón de historia para inventarse semejante milonga. Yo pensaba que bastante mal lo tenía que haber pasado ya la mujer fantasma conviviendo con la monarquía como para tirar toda la eternidad viviendo en casa de mi madre. Además, fue enterrada en la Cripta Imperial de Viena, por lo que tuvo que pasarlas canutas para encontrar esa casa destartalada y vieja a las afueras de Chinchón. Murió con treinta y nueve años, muchos me parecen para aguantar a seis críos y al primo tonto que tenía como marido. No creáis que soy experta en los

Austrias, es que mi madre estaba completamente obsesiona-
da con el tema y, tras la primera sesión con la estafadora, se
pasaba horas leyendo sobre la vida de esta señora. Supongo
que es como cuando intentas conocer mejor a tu compañero
de piso italiano en un Erasmus en Siena.

—Bueno, hija, cuéntame —dijo mi madre mientras ordenaba algunos cacharros en su cocina de los setenta.

—Pues nada —respondí sentándome en una de las sillas
de colores que rodeaban la mesa.

Debo decir que mi madre había customizado y decorado
ella misma su casa y parecía la vivienda de una Agatha Ruiz
de la Prada trastornada; vamos, de Agatha Ruiz de la Prada.

Cuando se puso manos a la obra, era como una desquiciada que pinta con heces las paredes, pero en vez de excremen-
tos mi madre había elegido pintura de tiza de colores. En ese
momento, uno de sus chuchos empezó a chuparme la mano.

—Quita, anda… Que mucho pachuli en esta casa pero
qué peste, por Dios. Vete por ahí, pesado —me quejé.

—No es pesado, se llama Nube y no tiene género —contestó mi madre.

—Mamá, no puede ser no binario. Es un perro.

Yo creo que mi madre me vacilaba, le divertía sacarme de
quicio con sus estupideces histriónicas.

—¿Cómo le va a tu amiga Elena? —preguntó mientras
metía una bandeja de galletas con una pinta cuestionable en
su horno de los setenta.

—Pues sigue instalada en nuestra casa. No sé qué va a
hacer con Javier. Se ha vuelto loca.

—Pobrecilla, pero me alegro de que coja las riendas de
su vida.

—Mamá, ¿qué riendas? Que está embarazadísima.

—Nunca es tarde para cambiar de rumbo. Tienes que hacer lo que sientas. Mírame a mí.

—Sí, ya te veo —comenté de soslayo.

—Hija, necesitas dejar ese trabajo porque te está amargando la vida. Mira qué cara tienes, estás amarilla. De tanto estrés vienen los problemas hepáticos —dijo sirviendo dos copas generosas de vino.

Así era ella, comía solo verduras cocinadas a ciento ochenta grados, pero luego se trasegaba una botella de vino diaria porque le funcionaba para alinear los chacras.

—Sí, mamá, el cáncer lo causa el estrés. Además, ¿qué quieres que haga? —pregunté mientras daba un sorbito a mi copa.

—Te puedes venir a vivir aquí conmigo un tiempo, para conectar. Hasta que sepas qué quieres hacer. Así me ayudas con el huerto y los animales…

—Mamá, tienes cuatro gallinas y unos tomates. No te flipes, que no tienes la huerta de Michelle Obama. Además, no puedo dejar mi trabajo, eso sería como rendirme y entonces sí que tocaría fondo —contesté.

—Podrías escribir tus propias cosas e intentar venderlas. Tienes talento, cariño.

—Sí, claro. —Cogí una galleta y la escupí al momento—. ¿Qué coño es esto, mamá?

—No tienen azúcar, son de avena y pasas.

—¿Lo ves? Para ti es muy fácil dar consejos porque vives en una novela de Jane Austen versión *eco-healthy*. Eres como Gwyneth Paltrow pero en pobre.

Le tiré la galleta a uno de los perros. El animal se acercó, cansado, y la olisqueó. Acto seguido, se dio la vuelta y se dejó caer en el suelo.

—¿Ves? Hasta los perros no las quieren.

—Elegir cómo quieres vivir no es imposible. Nadie te está imponiendo absolutamente nada. Solo tú —dijo dando buena cuenta de una de esas galletas indecentes—. ¿Por qué eres tan escéptica?

—No soy escéptica, SOY REALISTA. Es como esta galleta, que es una mierda. Es un hecho —contesté.

—Tienes que venir a ver a mi chamán —sentenció.

Mi madre, que al parecer se había convertido en un cliché con patas, solía ver asiduamente a un señor mayor, otro estafador, que vestía igual de raro que ella. El tipo decía que era de Oaxaca (México) pero su acento lo ubicaba en un pueblo de Ourense. Con el señor gallego realizaba unas sesiones esotéricas extrañísimas de las que yo no quería saber nada. También se hacía limpiezas hepáticas y de vesícula, y en la galería de imágenes de mi teléfono tenía todas las fotos que me mandaba sujetando unas piedras de color verdoso que salían junto a sus heces.

Ella estaba feliz creyendo que se había limpiado el cuerpo y esas piedras eran una prueba fehaciente de la desintoxicación de su hígado, pero esas rocas verdes solo eran fruto de la alimentación que llevaba para realizar la «depuración» mágica, en la que se hinchaba a limones y manzanas. Esas piedras eran aceite y zumo de limón, y se formaban con los ácidos gástricos en una reacción de saponificación. Tenía material suficiente para hacer una exposición con fotografías de mi madre enseñándome cómo había defecado trozos de jabón.

—Todos los problemas están originados por un desequilibrio espiritual. Ya lo sabes.

—Para eso voy a terapia.

Se oyeron unos golpes en la parte de atrás de la cocina, supuse que uno de los perros ciegos intentaba entrar.

—¡Ya ha llegado Ana! ¿Te quedas a comer? Voy a preparar un gazpacho con tomates de la huerta y una quiche de verduras.

Decliné la invitación. Comer con mi madre, los perros y una infanta era demasiado hasta para mí ese día. Recé por que la próxima vez que visitara a mi madre no se hubiese instalado en su casa el duque de Wellington. La guerra de la Independencia me resultaba aburridísima.

Treinta y tres semanas (II)

Habíamos quedado en que Elena y yo nos pasaríamos por La Bonita para recoger a Maca cuando acabase el turno para irnos a cenar a uno de nuestros restaurantes de alta cocina favoritos: la pizzería italiana de la esquina. Estaba cerca, era barato y nos sentíamos como si estuviéramos en Nápoles. Tardamos muchísimo en salir de casa porque Elena se cambió quinientas veces de ropa.

—¿Cómo me queda esto?

Se había puesto un vestido negro ajustado que no era capaz de bajarse de la cadera.

—Bien, supongo. ¿Sabes que vamos a un sitio normal? No tenemos reserva en Salvaje —contesté desde el sofá mirando el móvil.

—Míralo bien, es de Saint Laurent. Cuesta mil cien euros, amor.

—¿Perdona? ¿Te has gastado mil cien euros en un vestido? —Aquí ya había captado toda mi atención.

—Me lo regaló Javi en nuestro segundo aniversario de novios —dijo.

—Así que te lo regaló cuando tenías unos trece años, ¿no? —contesté riéndome.

Iba a replicarme cuando sonó el timbre de la puerta. No esperábamos a nadie. Me levanté para abrir porque Elena seguía intentando meterse en el vestido que costaba más que el sueldo del ochenta por ciento de los españoles.

—Será un paquete. He hecho un pedido a Sephora. Necesitaba de todo.

Sephora, cuántas veces había robado ahí, ¡qué tiempos! Me sorprendió ver que no era un repartidor sino Javier, el marido de Elena. Parecía más viejo que antes de la pelea, era increíble cómo calaban los disgustos en la gente mayor.

—Hola, Javier. —Me quedé un poco cortada, sin saber qué decirle.

—Hola… ¿Está Elena? —preguntó con una voz bastante siniestra, como de ultratumba.

Supuse que estaba practicando para cuando tuviese que hablar desde su cama eterna. Y, por la pinta que tenía en esos momentos, ya habría camareras de hotel en la otra vida dejándosela *ready*.

Elena se asomó.

—¡No estoy! —gritó desde el comedor con el vestido a medio poner. Acto seguido se sentó en el sofá, como dándose por vencida.

—Elena, por favor, basta —me quejé yo—. Pasa, anda.

Javier entró, miró alrededor. Noté que no se sentía especialmente cómodo en mi piso de clase media baja. Normal, también te lo digo, y más siendo alguien que tenía una cámara hiperbárica instalada en su garaje.

—¿Quieres tomar algo? —dije para romper el silencio.

Javier me ignoró por completo y se dirigió a Elena, que seguía sentada en el sofá. Me atravesó como si fuera un holograma. En esto ambos se comportaban exactamente igual.

—Elena, esto no puede ser. ¿Sabes cómo estoy? No me coges el teléfono. No sé qué decirle a la familia, ni en la empresa; no te imaginas la de veces que me han preguntado los del pádel. He tenido que mentir y contar que te has ido a un retiro de yoga porque estabas muy estresada por la recta final de nuestro embarazo…

El señor mayor se sentó en una silla del comedor. Se frotaba la cabeza. Perdido, sin saber qué hacer.

—¿Y por qué no dices la verdad? —preguntó Elena con frialdad.

—¿Y qué quieres que diga? ¿Que mi mujer embarazada se ha venido a vivir a… aquí? —Levantó el brazo para referirse a mi piso diminuto—. Al final, voy a tener que contárselo a todos y preferiría no tener que hacerlo.

Javier se levantó y se sentó junto a Elena en el sofá. Yo seguía de pie al lado de la puerta, sin moverme.

—¿Y qué tenía que haber hecho? ¿Conformarme con esta relación el resto de mi vida? —se interesó Elena.

Javier me miró fijamente, como si le incomodara contestar a esa pregunta conmigo delante. No entendí por qué. Pero opté por darles un poco de privacidad y me escabullí en dirección a mi cama. Puestos a escuchar una conversación privada, mejor escucharla tumbada.

—¿Perdona? ¿Cómo puedes ser tan ingrata? ¡Si te lo he dado todo! —gritó—. Es que vamos, esto es la hostia.

—Sí, material. Pero me paso el día fingiendo ser algo que no soy en una vida que es la tuya, no hay nada de mí ahí. Con tus clientes, con tus amigos, con tu madre, que es un poquito hija de la gran puta y me odia. Con noventa y cinco años, y ahí sigue. ¡Tanta gente en el mundo a la que le da un ictus y ella se libra siempre!

No los veía, solo los escuchaba, pero pude percibir la ira de Javier inundando mi casa.

—¿Podemos dejar a mi madre fuera de la conversación? Además, tú sabías perfectamente cómo era mi vida y mi círculo. No te vi quejarte cuando mamá te invitaba a esquiar a su casa de Nebraska por Navidad.

Oírle llamar a su madre «mamá» fue tan desagradable que mi útero sufrió una contracción y la sensación de náusea se instaló en mi estómago y mi garganta, porque me lo imaginé como un niño anciano, con mocasines, llorando y moqueando en los brazos de su progenitora.

—Me sentía como una versión delgada de Jennifer Lopez en la película que protagoniza con Jane Fonda. ¡Me hizo la vida imposible! No te hagas el loco, amor —le increpó Elena.

Me encantó que metiese en una complicada pelea con su marido una referencia a *La madre del novio*.

—Ella asegura que aquella vez que se cayó de la silla de ruedas fue porque la tiraste tú… No me pongas esa cara, te acuerdas de sobra, en el bautizo del hijo de mi consultor.

—¿Eso te dijo? ¡Seguro que se tiró a propósito, la muy víctima!

Javier no contestó. No escuché nada, salvo pasos y el crujido del parquet antiguo.

—Elena, vuelve, por favor. Podemos solucionarlo como personas adultas… Esto no tiene ningún sentido —rogó Javier.

Escuché los intentos de Elena por bajarse el vestido por decimonovena vez, sin éxito.

—Necesito tiempo —sentenció.

—No te preocupes, Elena, que lo tendrás… Tú tranquila —dijo con sarcasmo—. Pero te recuerdo una cosa, Mercedes también es hija mía.

—¡NO SE VA A LLAMAR MERCEDES! ¡No le pongo el nombre de tu madre ni loca! —gritó.

Seguro que al final la niña se llamaría Mercedes. Pobre. Tras esos gritos, solo escuché el portazo que dio Javier y cómo se cayó al suelo, a consecuencia del impacto, la figurita informe que hizo Maca el año pasado cuando se apuntó a clases de cerámica y lo dejó a la segunda semana, después de acostarse con la profesora y acabar con ella como el rosario de la aurora en un bollo-drama bastante serio. Ella llamaba a esa historia el Ghost Gate.

Llegamos a La Bonita tras dos horas de aguantar a Elena llorando sin consuelo. Estaba más perdida que yo, y eso me hizo sentir mal por ella pero bien por mí. Reconozco que las desgracias ajenas, como persona ultramediocre que soy, me llenan bastante.

Al llegar, Maca se hallaba atendiendo a un grupo de chicas que iban disfrazadas de hadas. Supuse que estaban de despedida de soltera, no solo por el disfraz sino porque se las veía a todas como piojos. Nos sentamos en una de las mesas del fondo. Maca tomó la comanda a las chicas y vino a saludarnos.

—¿Qué pasa, chochis? ¿Cómo andáis? Yo genial, hoy todavía no me he cortado las venas. Todo un logro —dijo dando una vuelta sobre sí misma para terminar apoyándose en nuestra mesa.

—¿Qué tal el casting esta mañana? —le pregunté.

—Ni lo menciones, un cuadro. Me han dicho que no tengo una «cara moderna». ¿Qué hostias significa eso? Bueno, ¿qué os pongo? ¿Un licor-café?

—Yo quiero un vino. Tinto —aclaré.

Mientras lo anotaba, Maca se fijó en la cara de Elena. Levantó la vista de su libreta electrónica.

—¿Y a ti qué te pasa? —preguntó.

—Javier ha venido a casa —contestó Elena.

Maca rebuscó dentro del bolsillo de su mandil y le ofreció una servilleta. Elena se limpió los mocos haciendo un ruido muy desagradable, impropio de ella.

—Han liado una… ¿Tú sabías que Elena tiró a la madre de Javier de la silla de ruedas? —apunté entre risas.

—¿Estabas escuchando? —preguntó Elena, molesta.

—Claro, ante todo soy una buena amiga. Estaba atenta por si necesitabas ayuda.

Me tiró su pañuelo de mocos a la cara. Intenté esquivarlo, pero fallé.

—¿Qué dices? ¿En serio hiciste eso? ¡Menuda jefa! —dijo Maca, emocionada.

—¡Os juro que eso es mentira, chicas! —se agitó Elena.

Maca suspiró y se sentó al lado de Elena rodeándola con el brazo.

—Bueno, pero ¿qué ha pasado? —quiso saber.

—Nada, le dije que necesitaba tiempo y se ha marchado. No sé qué hacer —respondió Elena con sinceridad.

—Pues no esperes mucho, cariño, que tiempo es justo lo que Javi no tiene —dijo Maca riéndose—. Ahora en serio, necesitas ver con claridad qué es lo que te conviene. ¿Tú quieres seguir con él?

Antes de que Elena respondiera, Álvaro apareció a nuestro lado. Tenía el pelo perfecto y brillante, parecía un Ken gigante; daba entre envidia y miedo. Llevaba una de esas camisas de cuello mao con los primeros botones desabrochados y un montón de collares boho. Por el *outfit* parecía que estaba en el resort Bahía Príncipe Grand Punta Cana y no en Madrid en el mes de mayo.

—¿Hoy no se trabaja, Maca? Espera… que me están diciendo por el pinganillo que sí —dijo en tono sarcástico.

El gesto que hizo como si tuviera un pinganillo en la oreja me revolvió las tripas.

—La camisa es de Cos, ¿verdad? —comentó Elena, a su rollo.

Maca se levantó de un salto.

—Les estaba preguntando qué querían tomar. De todos modos, me quedan veinte minutos. Ya te dije que no doblaba hoy.

—Bueno, pero esos veinte minutos te los pago, así que gánatelos, reina —contestó Álvaro.

Cuando él se dio la vuelta, Maca murmuró algo ininteligible. Supuse que mi amiga le estaba deseando la torsión de uno de sus testículos pulcramente depilados. Estaba roja de ira, me recordó a la vez que una política de la ultraderecha, de la que no diremos el nombre, fue a tomarse un café con una amiga a La Bonita. Al parecer, la trató con absoluto desprecio y ella se vengó escupiéndole dentro de la taza. Era algo que solía hacer cuando se enfadaba. No sé cuántos escupitajos de Maca me he podido tragar, pero supongo que unos cuantos.

—¡CHICAS! —gritó alguien.

Me giré y ahí estaba Fabiola, llevaba el pelo suelto con unas ondas perfectas que parecía que se las habían hecho unos ángeles puestos de MDMA, vestido negro hasta los tobillos y labios rojos. Estaba como siempre: espectacular.

—¿Cómo están mis niñas? Menudas caras lleváis —dijo mientras se sentaba a mi lado y me mareaba con su perfume.

«Mis niñas». No entendía por qué nos trataba como si nos conociese de toda la vida, cuando solo habíamos cruzado la friolera de dos palabras. Fabiola tenía la típica personalidad puzle, que consiste básicamente en robarle a otras mujeres fragmentos de las suyas para construir una especie de Frankenstein de ti mismo, un ser monstruoso que posee una capacidad emocional e intelectual limitada. Era de esas personas que reaccionan como alguien que ya has conocido en algún momento y cuando estás con ella es como sumergirte en un *déjà vu* constante. Me imaginé cómo sería la vida de Fabiola, y me resultó sencillo construir en mi cabeza las escenas que reflejaban cómo intentaba impresionar cada día, sin éxito, a su padre, el cual nunca había sido lo suficientemente afectuoso con ella porque estaba demasiado ocupado haciéndose millonario. Me la imagino con ocho años llorando encima de su caballo porque sus padres estaban cerrando unos negocios en Dubái y no pudieron ir a verla saltar. Tiró tres barras, fue un fracaso para sí misma y para la hípica infantil. Consigo visualizarla en su puesta de largo, con dieciséis años, mientras se liaba con un primo lejano detrás de unos matorrales en el jardín de su casa de la sierra. En realidad, era su primo hermano, Jaime, pero ella se repetía una y otra vez que eso jamás había ocurrido. «Nunca le hice una paja a mi primo», se decía cada noche antes de irse a dormir. Imaginaba cómo se sintió cuando le regalaron el Mercedes SLK color rojo con dieciocho años, su padre le dio las llaves pero no fue capaz de acompañarla a dar la primera vuelta y tuvo que ir con ella la asistenta, en contra de su voluntad. Visualicé cómo su madre le decía que no volviese a servirse pasta, que si había algo peor que una mujer borracha era una mujer gorda. Me transporté al momento en el que vomitaba en el baño para liberarse no solo de las calorías de más, sino de la culpa. La imaginaba cuando empezó a salir con Álvaro, en cómo se autoconvencía de que así era como tenía que ser su vida.

—Ahora vuelvo, chicas, tengo que acabar —comentó Maca antes de darse media vuelta.

—Un momento, ¿tú eres Fabiola Goyanes? ¡NO ME LO PUEDO CREER! ¡TE SIGO MUCHÍSIMO! Mis amigas y yo te adoramos. ¿Conoces a las Pombo? ¿Cómo son? No digas nada, solo guíñame el ojo si son unas «z». ¡Lo sabía!

Elena apenas decía tacos, por lo que iba en contra de su religión pronunciar la palabra «zorra». Fabiola permaneció impasible, sin borrar su sonrisa, digiriendo toda la emoción de la intensa de mi amiga.

—¡Tenemos que hacernos una foto! No te importa, ¿verdad, amor? —gritó Elena.

—Sin problema, cariño —contestó.

Eran tal para cual. Me las imaginé como dos gemelas dia-
bólicas que matan con un hacha a toda su familia una noche
de tormenta. Fabiola se levantó de un salto y se acercó a
Elena para inmortalizar ese momento tan poco memorable.

—¿Nos la haces tú? —me preguntó Elena dándome su
móvil. Asentí con la cabeza.

—Acercaos un poco más. Más —insistí—. Ahora sonreíd.

Fabiola se pegó a Elena. Ambas sonrieron, no sabría decir
cuál de las dos tenía la sonrisa más triste.

Álvaro volvió para saludar a su novia. Fabiola se separó
de Elena y le dio un beso en la mejilla.

—Cariño, malas noticias, no puedo ir al teatro contigo.
Me ha llamado mi hermano, viene a cenar con unos inver-
sores y tengo que quedarme, una movida de mi padre. Lo
siento mucho. Me encantaría librarme pero no puedo —dijo
Álvaro.

—Qué pena, bebé, jo. Bueno, ya veré qué hago con la
entrada. ¿Alguna queréis venir? —preguntó con timidez.

Una adulta llamando a otro adulto «bebé», delante de
otros adultos más o menos funcionales. ¿Es que nadie iba a
comentarlo? Álvaro rompió el silencio.

—¿Por qué no te vas con las chicas? Cuidádmela, ¿eh?
—señaló en su último comentario despreciable antes de
marcharse y dejarnos definitivamente en paz.

—Claro, gordi —le contesté yo.

Se fue con paso firme y confiado, y por el camino aprovechó para gritarle a otro empleado. «Ese es mi chico», pensé.

—¿Qué ibais a ver? —pregunté.

—Al Mago Pop, *Nada es imposible*. ¿Lo habéis visto? Yo
ya he ido dos veces, pero quería que Álvaro lo viese…

Giré la cabeza para mirar a Elena y buscar algo de apoyo. No me lo dio. Estaba mirando su teléfono, retocando la foto que acababa de hacerse.

—Un momento —dije interrumpiéndola—, Álvaro ha dicho que ibais al teatro.

—Sí, a ver al Mago Pop.

—Yo fui con Javi y nos encantó —dijo Elena levantando la cabeza de su iPhone.

«Ahora prestas atención, zorra».

—¡Increíble! —exclamé fingiendo sorpresa.

Respiré. Tres veces lo había visto la hija de la grandísima puta. Tres veces.

—¿Crees en la magia, Fabiola? —pregunté inquisitiva.

—Toda la vida es magia, somos nosotros los que tenemos que decidir si creemos en ella o no… Y yo decido creer —afirmó con una sonrisa espeluznante.

—Total, amor. Siento exactamente lo mismo. Eres yo, literal —contestó Elena mirándola obnubilada.

Basta. No podía más. Ya era más que suficiente para dejar de hablarles de inmediato.

—¿Dices ese tipo de cosas en tus redes? —pregunté.

Álvaro volvió a la mesa y aprovechó para interrumpir la conversación, traía en una bandeja una copa de vino blanco frío y la dejó en la mesa delante de Fabiola. Antes de volver a marcharse le guiñó un ojo.

—¿Qué cosas? —contestó mientras observaba a Álvaro alejarse.

La conocía desde hacía poco pero ya me había dado cuenta de que esta persona preguntaba siempre todo con una inocencia impostada que me ponía verdaderamente de los nervios. Fabiola levantó su copa y le dio un tímido sorbito al vino. Bebía como una gatita recién nacida que trata de alcanzar el pezón de su madre.

—Ese tipo de cosas —insistí—: «si quieres, puedes», «no sabía qué ponerme y me puse contenta»…

—Creo que vivimos en un mundo terrible que necesita una inyección de alegría. En un viaje que hicimos por Kenia, cuando fuimos a conocer a los masáis les puse a los niños de la tribu la canción «Hakuna Matata» y ellos, que son críos que no tienen nada, sonreían y… eran felices por unos segundos.

—¿La de Timón y Pumba? —pregunté, muy cerca de cometer mi primer atentado.

—Esa canción me ha ayudado muchísimo. Hay que seguir adelante, ¿verdad, amor? —intervino Elena, siendo consciente de la tensión.

—Así es, no es delito intentar que la gente sea feliz —contestó Fabiola en tono cortante.

—Sí, seguro que arreglas el conflicto yemení poniendo una frase falsa de Martin Luther King en el pie de una foto en la que sostienes un bolso de Michael Kors.

—Nunca llevo Michael Kors.

—Es de paletas, di que sí —remató Elena.

Mirad, esto que os voy a decir quizá os duela a algunos, pero si como filosofía de vida seguís las patrañas sacadas de las películas de Disney o frases motivacionales pronunciadas por algún *influencer* deficiente tenéis la inteligencia emocional de un garbanzo. Dejad de leer este libro, pero eso no cambiará el hecho constatable de que es imposible vivir como un adulto funcional siguiendo los consejos de Pumba de *El Rey León*.

Maca volvió en el mejor momento, evitando que matase a Fabiola con el motivo decorativo de la mesa. Se había quitado el uniforme de La Bonita, el cual le quedaba justo porque Álvaro no quería comprarle una talla más. Decía que lo hacía por su bien, para motivarla a lograr su «mejor versión», otra frase motivacional indecente. Me hace gracia que la «mejor versión» de las mujeres nunca sea la versión más informada o más inteligente, solo la más delgada.

—Bueno, qué… ¿nos vamos? —dijo Maca.

—¿Te quieres venir? —preguntó Elena a Fabiola.

Definitivamente, tenía que cambiar de amigas. Pensé en mi cama y en cómo me sentaría en ese momento un buen diazepam para quedarme tronchada en aproximadamente diez minutos.

—¿No os importa? —contestó Fabiola.

«Sí, sí nos importa. Porque eres tontísima».

—Mientras no vayamos a ver al Mago Pop… —comenté yo.

—¡Qué va, tía, vente! Habíamos pensado ir a cenar y luego lo que surja —contestó Maca.

—¡Tengo una superidea! Un amigo acaba de abrir un japo fusión española, un concepto muy moderno, y el sitio está chulísimo. Si venís conmigo nos invita seguro. Solo tengo que chantajearle con un par de stories —contestó riéndose.

Y aquí empezó la peor noche de mi vida.

Ahí estábamos las cuatro, en un restaurante pijísimo: la embarazada ciclotímica, la actriz fracasada, la *influencer* inestable y yo. Un absoluto despropósito que auguraba una velada terrible. El local estaba decorado de un modo que me recordaba a la Segunda Guerra Mundial, parecía un búnker o uno de los barracones de Auschwitz. A todas les pareció un concepto de decoración deslumbrante, supongo que porque ninguna era judía. Un camarero nos trajo un champán que no sé cuándo se había pedido.

—Esto está genial… Pero yo no puedo tomar sushi, no puedo comer pescado crudo… ya sabéis… por el bebé… —Se tocó la barriga muy afectada, como si fuese una modelo excocainómana de los noventa posando embarazada, delante de Mario Testino, para la portada de *Vogue*.

—Pues los gin-tonics del otro día te los tomabas doblados, maja —contesté yo.

—No te preocupes, aquí hay de todo —dijo Fabiola ignorándome—. Rafa te propondrá opciones. Es un chef increí-ble.

Y encima dividía mal las sílabas. Era una persona fascinante, sin duda.

—Por cierto, secreto de chicas: hace tres años me invitó a su restaurante de Barcelona, y no solo me comí el menú degustación. Todavía no conocía a Álvaro, claro —comentó mientras se tapaba la cara con las manos.

—¡Superguarrona! —chilló Elena.

—Brindemos por eso —aplaudió Maca.

«Secreto de chicas». Miré a Maca con los ojos repletos de odio, no me podía creer que estuviese participando de todo esto. Era como estar en una comedia romántica de Kate Hudson, pero con personajes que acarreaban una grave falta de desarrollo cognitivo aún peor desarrollados. Rafa, el chef estupendo, me sacó de mis pensamientos suicidas.

—Pero bueno… La niña más guapa de Madrid. ¡Toma

que toma! ¿Cómo estás? Ya veo que muy bien… —dijo mirándola de arriba abajo sin cortarse un pelo.

El chef estupendo era un híbrido entre un presidiario condenado por la trama Gürtel y alguien que manda fotopenes con perfiles falsos a sus antiguas compañeras de clase.

—Nos hemos autoinvitado a cenar. He traído a mis amigas —dijo Fabiola.

—Fenomenal, bienvenidas a Funky. ¿Cuatro menús degustación? Así probáis un poco de todo. Es una pasada, ya lo veréis. Es un menú de emociones, un menú viajero… Cinco años hemos tardado en construirlo.

—¿Menú viajero? ¿Y eso qué quiere decir? —pregunté yo.

—Quiere decir que os va a transportar al centro de Tokio pero, al mismo tiempo, sentiréis que estáis en vuestro pueblo, ¿entiendes?

—No, soy de Madrid —contesté con sinceridad.

—Es el concepto que perseguimos en Funky. Fabada y sashimi. Torrezno y uramaki. ¿Lo captas? —dijo ya un poco tirante.

—Y si el concepto es «viajar», ¿por qué estamos en un búnker? ¿No deberías haberlo decorado como si no estuviésemos secuestradas? —insistí en mi empeño de no dejar que ese cretino se saliese con la suya.

—Nos fiamos de ti en todo —dijo Fabiola con el objetivo de zanjar la conversación.

—El mío sin pescado crudo, por favor —apuntó Elena.

—No hay problema. Marchando, chicas —dijo antes de echarme una mirada diabólica.

¿De dónde sacaba exactamente Fabiola a sus amigos? ¿Tenía una fábrica de gilipollas?

—Tía, joder, relájate un poco. Champán gratis... —me comentó Maca por lo bajini mientras movía su copa como reclamo.

—Pensaba que a ti también te caía mal —contesté.

—He cambiado de opinión —dijo a la vez que le pegaba un buen trago a su copa.

—Tú lo que tienes es un morro que te lo pisas.

Empezaron a traer platos y más platos, y cuando estábamos con los callos con tobiko y alga nori, una de las cosas más infames que he tenido la desgracia de probar en mi vida, Fabiola se interesó por la carrera de Maca.

—¿Y dices que no consigues ningún casting? —preguntó.

—Nada, tía, un par de publis en cuatro años. Tengo menos carrera profesional que Hiba Abouk.

Fabiola se atusó su larga melena mientras asentía con la cabeza. Fingía de maravilla que todo eso le estaba interesando. Sin venir a cuento, pegó un bote en su asiento. Como si estuviera realmente emocionada y se hubiera dado cuenta de repente.

—Ahora que lo pienso, uno de los mejores amigos de mi padre es productor ejecutivo en *INSERTAR CONOCIDA PRODUCTORA DE CONTENIDOS ESPAÑOLA*. Os puedo presentar si quieres... —comentó.

—¿Me lo estás diciendo en serio? ¿Harías eso? —exclamó Maca, emocionada.

—Claro, eso es lo que hacen las amigas. Brindemos por tu futuro —dijo Fabiola cogiéndole la mano y con la otra alzando su copa.

¿Amigas? Todas levantaron su bebida menos yo. Al parecer, nadie reparaba en mis esfuerzos por incomodar la velada. Estaba siendo tan ignorada por mis amigas que lo único que hubiese sido efectivo para llamar la atención era tener un aborto espontáneo. Una meta que, a priori, se antojaba complicada. Cuando estaban sirviendo los postres, una torrija con helado de té matcha, llegué a la conclusión de que era imposible que el menú fuese más simple: cinco años para unir platos que podría haber conceptualizado un niño de cuatro años con déficit de atención. Después del postre, Fabiola propuso ir al Panda a bailar. Maca y Elena estaban entusiasmadas con la idea. Sinceramente, no me apetecía ir, prefería meterme en la cama e introducirme un buen ansiolítico por el recto, pero sabía a ciencia cierta que Fabiola deseaba que me fuera lo más pronto posible y no pensaba darle ese gusto.

Entramos en la discoteca. Estaba llena de ejecutivos en la treintena con pinta de ser del Opus Dei y adictos a Taburete y al MDMA a partes iguales. Sonaba «Purpurina» y todas se pusieron a bailar como locas. Me apoyé en la barra y pedí una cerveza. Desde ahí podía observar cómo Elena se movía descoordinada pero completamente entregada a la música; me gustó verla así, me recordó a la persona que había conocido de niña, una completa narcisista pero con ganas de vivir. Por otro lado, Maca bailaba con Fabiola. Se acercaban y se alejaban partiéndose de risa. Ahí tuve claro que mi amiga ya tenía en mente ligarse a la novia de su jefe. Buenísima decisión. Me fui a fumar.

Mientras aspiraba profundamente el humo del cigarrillo empecé a pensar que era verdaderamente sorprendente que esas extrañas, que vivían en mi casa, se hicieran llamar mis amigas. Ya no éramos las mismas, sin duda. Le pegué otra calada al cigarro y recordé que siendo adolescentes nos escondíamos para fumar en el baño del colegio, eso nos hacía sentir importantes, peligrosas, imparables, como si lo tuviéramos todo bajo control. Antes de aplastar el pitillo contra el suelo, se me acercó un chico de pelo castaño y largo vestido con una camisa azul de Abercrombie & Fitch y unos Dockers color crema.

—Fumar es malo, niña. Deberías dejarlo —sentenció.

«Niña», esos señores de más de cuarenta años que se refieren a las mujeres como «niñas».

—Y tú deberías raparte la cabeza —contesté con sequedad.

Cuando entré de nuevo en la sala, Elena se había cansado y estaba en el sofá mirando su móvil mientras se le cerraban los ojos. Fabiola y Maca estaban en el otro extremo de la pista enrollándose. Me giré para pedirme una segunda cerveza, inmersa en mis pensamientos violentos y distorsionados a causa de la ingesta masiva de ansiolíticos, y entonces Maca se me acercó bailando.

—¿Te lo puedes creer? —dijo apoyándose en la barra y señalando a Fabiola.

Me giré y observé a nuestra *influencer* particular, que estaba siendo rodeada poco a poco por unos ejecutivos sudorosos, probablemente consultores en Deloitte. Señores en traje drogados hasta el tuétano para soportar un camino que les llevará a una vida que detestan. Es sensacional, dedicar tu existencia a trabajar en una importante empresa, creyéndote el rey del mambo, mientras le entregas tu alma al sistema. ¿Y todo eso para qué? Para morirte a los sesenta años de cáncer de colon, y que tu vida haya sido una consecución de borracheras con tus compañeros de trabajo, los mismos que te traicionaban en los despachos para ascender. Igual que tú a ellos. La carrera de las ratas. Roedores comiéndose el detritus que les permite el capitalismo. Solo ahí, en su lecho de muerte, se darán cuenta de que jamás lo tuvieron todo. Por otro lado, no me entendáis mal con esto, no soy una comunista, ¡Dios me libre!, adoro el capitalismo. ¿Hay algo mejor que comprar sin control y hasta la catarsis ropa china online que nunca tendrás ocasión de ponerte?

—Pues la verdad es que no —contesté tirante.

Di otro sorbo a mi cerveza. La música sonaba cada vez más alta, o a mí me lo parecía.

—¿Qué te pasa? —preguntó con cierta impaciencia.

—¿A mí? Será qué te pasa a ti. No sabía que te gustaban las *influencers* millonarias seguidoras del Mago Pop. Además tiene novio y es tu jefe —sentencié.

—¡Uy! El colegio del Opus corre por tus venas en este momento. ¿Hoy te has activado la fe judeocristiana? Es guapa —dijo sonriendo.

Los ejecutivos seguían cercándola. A sus ojos, Fabiola era una pequeña gacela con una pata rota. Ellos solo veían a un animal desvalido e indefenso. Es normal, ¿qué iban a ver? ¿A un ser humano? Las mujeres pedimos demasiado cuando salimos de casa más allá de las doce de la noche.

—Eso es evidente.

—¿Por qué estás tan borde? —preguntó disgustada.

—No me parece muy inteligente que te líes con la novia de tu jefe. Menuda mierda de decisión, ni que tuvieras quince años.

Maca se rio.

—¿En serio? ¿Y eso me lo dices tú, que eres la misma puta cría que conocí en el colegio? Ah, no, se me olvidaba... sí que has madurado, pero solo para mendigar recetas a tu psiquiatra.

Eso fue un golpe bajo, pero no quería que viera que me había dolido y le resté importancia.

—Genial. Me voy a pirar.

Abrí el bolso para pagar y se me cayó todo su contenido al suelo. Me agaché para recoger las monedas, la cartera, las llaves... Todo en el puto suelo.

—Eres la reina de las buenas decisiones, siempre aciertas porque es difícil cagarla cuando no haces NADA —afirmó con seguridad.

Maca me miraba desde arriba, con superioridad, como si yo fuera una cucaracha a la que acaban de fumigar y está pegando sus últimos coletazos de vida.

—Tú haces muchísimo, pero no das una —dije desde el suelo.

—Eres una narcisista. Y además lo sabes. Es que no te digo nada nuevo.

Terminé de recoger mis cosas como pude y me incorporé.

—Tú te vas a comer un coño esta noche para que te presenten a un productor ejecutivo, no me hables de narcisismo.

—Sí, me pienso comer un coño esta noche y no por el productor, sino porque me da la gana. ¿Tú qué vas a hacer?

—Irme —dije mientras ponía el dinero de mi cerveza sobre la barra.

—Pues genial, vete, porque llevas toda la noche que no

hay quien te aguante. Estás jodida y lo pagas con los demás, por eso todo el mundo te cae mal. Elena tiene razón, eres una tóxica. Tienes una energía pésima.

Elena también lo pensaba, lo que me faltaba. No me entendáis mal, no tengo ningún problema con que mis amigas me pongan a parir por la espalda, me parece una práctica exquisita; lo que considero de un mal gusto terrible es que me entere.

—¿En serio? ¿Ahora me hablas de energías? ¿Eres mi madre? ¿También tenemos un fantasma en casa?

—Sí, tenemos un fantasma: tú. Mira, es que hasta tu madre está mejor que tú… Incluso Elena lo está.

Levanté la vista y vi a Elena completamente dormida en uno de los sofás de la discoteca. Su cara reflejaba paz.

—No paras de hablar de ti todo el rato. —Maca alzó la voz, parecía que llevaba mucho tiempo queriendo soltarme todo esto—. Llevamos cuatro años viviendo juntas y solo se ha hablado de ti, CUATRO AÑOS, de tus angustias, de tus ansiolíticos, de lo deprimida que estás, de que no escribes y de lo bien que le va a otra gente y lo mal que te va a ti. Todo no puede ser una mierda.

Me miró esperando algo. Algo que no le pensaba dar.

—Perdona, no sabía que te agobiara tanto con mis problemas. No volverá a pasar. Por cierto, enhorabuena por el Globo de Oro a actriz revelación por llevar bandejas y aguantar a cayetanos pesados. Tú tampoco es que hayas triunfado, amiga.

Observé cómo Fabiola, que se había librado de los ejecutivos, se sentaba al lado de Elena y le ponía su chaqueta por encima mientras no dejaba de mirarnos. La odiaba.

—Al menos yo lo intento.

Maca fijó sus enormes ojos en mí. Los evité en la medida de lo posible.

—Genial, pues sigue intentándolo. Avísame cuando te fiche Sofia Coppola para su próxima película.

Me terminé la cerveza y me fui. Solo quería meterme en mi cama y perderlas de vista a las tres. Ni siquiera me molesté en llevarme a Elena, que seguía durmiendo a pierna suelta junto a Fabiola. Maca no fue a dormir esa noche a casa. A la mañana siguiente, Elena estaba en el sofá roncando. Cogí las llaves y me fui a dar un paseo.

Treinta y cuatro semanas

Cuando Maca y yo teníamos doce años nos castigaron sin recreo. El motivo fue que, inocentemente, habíamos instalado una grabadora en el confesionario para escuchar los pecados de nuestras compañeras. El profesorado lo consideró una falta gravísima, porque Dios era el único que tenía el enorme privilegio de escuchar que Cristina Segovia había gritado a su madre y robado en la panadería. Yo le comenté a doña Mari Carmen, una profesora cuya personalidad era ser como Tamara Falcó con pashmina, que no podía echarnos toda la culpa porque DiosNuestroSeñor era tan cotilla como nosotras, y que quizá él también debería quedarse sin recreo para la eternidad, teniendo en cuenta que ponía la oreja con los pecados de toda la humanidad. Mi razonamiento teológico no debió convencerla, porque nos castigaron con tres semanas completas sin recreo.

Cada día, nos abandonaban en el aula durante cuarenta y cinco minutos para que aprovecháramos ese tiempo en reflexionar y en estudiar. Sin embargo, nos dedicábamos a interpretar incansablemente a los personajes de *Mujercitas*. Un libro que a las dos nos apasionaba y al que, ya de adultas, todavía recurríamos cuando nos sentíamos tristes. Nada como esa novela para comprender que tus problemas no son nada comparados con los de esas chavalas. Si ellas aguantaban todo eso, nosotras también podíamos con lo que nos echaran. Yo siempre me pedía a Jo March, decía que tenía que ser ese personaje porque, al igual que ella, quería escribir, aunque en realidad la elegía porque lo que deseaba era tener los ovarios para atreverme a hacerlo. Maca era Amy, vanidosa y egoísta, pero con un carisma arrollador, una artista irresistible. Dedicábamos mucho tiempo a perfeccionar esas interpretaciones, incluso escribíamos *fan fictions* pésimas en las que reinterpretábamos la novela y Beth no se moría. Beth no se debería haber muerto nunca.

Tras una semana dedicadas a venerar la obra de Louisa May Alcott, estábamos hartas y agotadas. Un día de profundo aburrimiento, mientras garabateábamos sentadas en nuestros pupitres, recuerdo que la falda del uniforme hacía que me picara el chichi. Me rasqué con ganas. Maca levantó la vista de su cuaderno, en el que estaba dibujando un caballo acondroplásico de color morado.

—Tía, qué guarra —se quejó.

—¿Qué hago si me pica?

—Pues aguantarte —insistió.

Me froté con más fuerza para fastidiarla. Maca se levantó para pegarme una colleja, que esquivé con la destreza de un felino. Volvió a su sitio jadeando por el esfuerzo.

—¿Te has mirado el pepe alguna vez? —me preguntó.

Yo negué con la cabeza. No quise reconocer que me había asomado, pero jamás había llegado a contemplarlo en su totalidad; tampoco tenía tanta curiosidad. Aunque sabía que, un poco más allá del primer mirador, había muchísimo más que conquistar. Era curioso que no quisiera mirarlo, teniendo en cuenta que ya me había restregado con todos mis peluches de forma compulsiva. Pero si no lo miraba, no contaba.

—Yo sí, tía —me confesó.

—¿Cómo te lo miraste? —pregunté tratando de indagar.

—Le cogí a mi madre un espejo de su bolsa de maquillaje y me lo miré. Es una cosa rarísima. Parece un trapo *arrugao*.

—¿Un trapo? ¿Cómo va a parecer un trapo, tía?

—Es como los colgajos que le salen a mi yaya en el cuello, como se te quedan los dedos cuando estás mucho rato en la bañera. Hazme caso. Además, yo ya tengo pelos. Muchísimos. Como en el brazo o más.

Miré el brazo peludo de mi amiga y me impactó que tuviera más en su chichi.

—Yo casi no tengo, creo.

Maca se rio con fuerza, moviendo la cabeza y despeinando su pelo rubio grasiento.

—¿Me lo quieres ver? —preguntó con una sonrisa maléfica.

—Tía, ¿qué dices? Eso no se enseña.

—¡Joder! Que somos amigas. Las amigas hacen eso. Lo he leído.

—¿Dónde? —pregunté incrédula.

—No me acuerdo. Bueno, ¿lo quieres ver o no?

—Vale, enseña. Pero rápido, que como venga doña Mari Carmen verás la que nos cae.

Maca se subió la falda mostrándome unas bragas en las que se leía la palabra «Martes». Estábamos a jueves, pero preferí no preguntar si las llevaba desde hacía tres días.

—Venga, bájate las bragas —insistí.

—Un momento. Si yo te lo enseño, me lo tienes que enseñar tú también —sentenció retándome.

—Yo no te lo voy a enseñar.

—Pues entonces nada —dijo dejando caer su falda.

Me paré unos segundos a pensar en si me compensaba ese trato.

—Vale. Lo hacemos a la vez.

—Sí, pero pon el pie encima de la silla, que lo que mola es lo de abajo. Lo de arriba no es nada.

Maca arrastró su silla y luego la mía para que pudiéramos apoyar una pierna. Nos colocamos en la posición correcta para el ejercicio que íbamos a hacer y nos levantamos la falda.

—¡Una, dos y…! —gritó divertida.

—Un momento, un momento. No se lo podemos contar a nadie. ¡Promételo!

—Vale, que sí —contestó con desgana.

La miré con desconfianza.

—Tía, pero ¿a quién se lo voy a contar? —me preguntó molesta.

Dudé unos instantes antes de asentir con la cabeza.

—Vale, pues a la de tres. —Nos agarramos con fuerza las bragas—. ¡Una, dos y tres!

Como un resorte, nos bajamos las bragas. Ahí estaban nuestros coños prepúberes posando delante del crucifijo que presidía el aula.

—Tía, es mazo raro el tuyo —le dije.

—Pues anda que lo tuyo, que parece un filete de lomo sin adobar —replicó mientras se le escapaba una carcajada.

—¡Venga ya! —exclamé.

Estábamos montando un escándalo monumental, las risas resonaban por toda la clase, llegando al pasillo central del colegio. En medio de nuestra excentricidad nudista, oímos un crujido en la madera del suelo y, acto seguido, a doña Mari Carmen abriendo la puerta y pillándonos *in coñanti*.

—Pero bueno, pero bueno… Jesús, María y José. ¿Qué hacéis? ¿Qué hacéis? Vosotras sois dos demonios. ¡Tapaos ahora mismo! ¡Tapaos ya!

Asustadas, Maca y yo nos cubrimos rápidamente.

—No estábamos haciendo nada, de verdad —mentí.

—¡Encima mentirosa, Bárbara! Al despacho de la directora, derechitas que vais. Esto lo sabrán vuestros padres, vamos que si lo sabrán. Os vais a enterar, como que me llamo Mari Carmen.

—No se lo cuente a nuestros padres —dijo Maca haciendo una genuflexión y juntando las manos en posición de orar—. Haremos lo que sea, prometo no volver a mirarnos el chichi, de verdad. Lo prometo por Jesús.

Se lo contaron a nuestros padres. Mi padre me regañó, pero mi madre lo justificó diciendo que era algo completamente natural, que no había nada de malo en ello, que el cuerpo era algo impresionante y que era lógico que nos picara la curiosidad a nuestra edad. La familia de Maca era del Opus Dei y la castigó durante un mes. De ese mes pasó a toda una vida, porque desde que les dijo quién era y su orientación sexual no han vuelto a dirigirle la palabra. En el colegio nos llamaron lesbianas durante semanas. A mí me daba exactamente igual lo que dijeran las gallinas desplumadas de nuestras compañeras. Recuerdo que me importó únicamente el primer día, esa tarde llegué a casa disgustada y cabreada, pero se me olvidó después de merendar un bocadillo con una lata entera de paté. Sin embargo, diez años después, recordando esta conversación con Maca, me confesó que fue de las peores semanas de su vida.

Cuando salimos de hablar con la directora, ya se había corrido la voz entre las compañeras. Elena nos abordó en el pasillo, nada más salir del despacho. Ambas íbamos arrastrando los pies, exhaustas de aguantar explicaciones sobre por qué Dios no estaba contento con nosotras. Poco me importaba que ese señor estuviera a disgusto conmigo, por mí le podían dar por saco, era tremendamente difícil de contentar. Elena se colocó entre las dos y nos pasó el brazo por el hombro, como si fuera una mafiosa siciliana.

—Chicas, no me puedo creer que os hayáis enseñado el chichi sin avisarme. Esto no os lo perdono. Lo sabéis, ¿no?

—¡No te puedes enfadar por eso! ¡No te puedes enfadar por todo en lo que no estés! —contestó Maca con la cara llena de churretes de haber llorado.

Maca se revolvió para soltarse de las zarpas de Elena.

—Sí que puedo enfadarme. Es más, nunca os lo perdonaré.

Acto seguido, nos soltó con elegancia, se giró una última vez para mirarnos y se fue dejándonos con la palabra en la boca.

Treinta y cinco semanas

La boda de Elena nos pilló desprevenidas. Es más, cuando nos invitó a Maca y a mí, llevábamos más de un año sin hablar, habíamos perdido el contacto y nuestro grupo de WhatsApp se encontraba completamente abandonado. Decidió dar el sí quiero definitivo apenas dos años después de conocer a Javier Gerardo. Es justo decir que él tampoco estaba para esperar mucho y ella siempre soñó con casarse, aunque creemos que le daba exactamente igual con quién mientras esa persona tuviera una segunda residencia al lado del mar. Sabíamos que coincidieron por primera vez en un evento que había organizado Elena para la empresa de Javier. Antes Elena trabajaba planificando fiestas y *meetings* de compañías. Al poco de dejarlo se casó.

No conocíamos a su futuro marido, así que dos semanas antes de la boda nos llamó para presentárnoslo bajo una urgencia fingida de la que éramos conscientes las tres. Quedamos en una terraza del centro de Madrid, cerca de Quevedo.

Cuando llegamos, ellos ya estaban allí. Elena llevaba puesto un traje negro de chaqueta muy elegante que le hacía parecer otra persona, su pelo lucía extremadamente liso e iba muy maquillada. Elena miraba su móvil mientras se tomaba un poleo menta, él hacía lo mismo con algo que parecía Nestea. Me resultó significativo lo aburridos que parecían, en silencio, distantes. De hecho, me percaté de eso antes de fijarme en lo increíblemente viejo que era su prometido. Cierto que ella nos había puesto sobre aviso, pero encontrarme a ese señor de pelo blanco y ralo, vestido con un traje oscuro y una camisa azul, al lado de mi amiga de apenas treinta años me impactó bastante. Estaba segura de que Maca estaba pensando exactamente lo mismo.

Javier nos saludó con una sonrisa desganada, parecía cansado. Como si le costara mucho seguir adelante con su vida. Como si el mero hecho de estar ahí sentado le supusiera un esfuerzo inmenso. Una vez hechas las presentaciones, nos sentamos y Elena empezó a contarnos con todo lujo de detalles los problemas que estaban teniendo con la organización del enlace. Nos dimos cuenta de que, durante el tiempo que no la habíamos visto, nuestra amiga había desaparecido, siendo sustituida por un personaje basado en la Katherine Heigl de *27 vestidos.* No dábamos crédito a su capacidad interpretativa.

La camarera llegó y le pedimos dos vinos tintos.

—Qué raro, tú con un poleo —comenté divertida.

—Ella siempre sana, ya sabéis —replicó Javier Gerardo.

—¿Raro? Si no he bebido nunca, amor —contestó Elena al tiempo que me fulminaba con la mirada.

Maca se echó para atrás en la silla, llevándose las manos a la cabeza.

—¡Qué mentirosa eres! —se quejó.

—¡Y vosotras qué exageradas! Bueno, un vino como mucho —comentó justificándose.

Elena miró a Javier buscando una complicidad que no encontró. Como ya he comentado esto me pareció extremadamente sano. Lo mejor es no contarle a esa persona con la que potencialmente vas a pasar el resto de tu vida que eres un pelín alcohólica, ludópata o que te gusta que te caguen en el pecho. Tu pareja no puede enterarse de absolutamente nada sobre ti, y eso incluye el alcoholismo y las desviaciones sexuales.

—Además, no puedo pasarme ni un poco, que la boda es dentro de nada. He perdido ya siete kilos, espero que me sirva el vestido —comentó suspirando.

Supuse que para Elena era importante desarrollar un trastorno de alimentación para celebrar esa fiesta.

—Por cierto, hablando de vestidos, ¿qué os vais a poner?

La camarera llegó con dos vinos tintos para nosotras. Yo me lo bebí a toda prisa, como si me lo fueran a quitar. Javier Gerardo me echó una mirada de desprecio que capté al vuelo. Me recargó de energía para pedirme otro.

Antes de que pudiéramos contestar, ella siguió hablando.

—Es que, claro, los invitados de Javier son tantos que tenemos la boda llena de compromisos, no os lo podéis imaginar. Estamos agobiadísimos. Bueno, sobre todo yo, porque él está haciendo poco… Encima todo en Menorca. Que es el doble de difícil de gestionar desde aquí —explicó Elena, molesta.

Javier Gerardo se encogió de hombros, se rio y agarró la mano de Elena en un gesto intencionado de cariño.

—Menos mal que está ella, porque si lo tengo que organizar yo… lo haría fatal —se excusó.

Los hombres son increíblemente hábiles en concedernos el mérito de aquellas cosas en las que ellos no están interesados. Jugada maestra, por su parte. Al César lo que es del César. Javier Gerardo era capaz de dirigir una cadena hotelera de prestigio, pero se consideraba un inútil para organizar una boda con quinientos invitados. Es delirante la forma en la que nos subestiman si creen que de verdad nos tragamos esa pantomima. Es posible que lo hiciéramos durante algún tiempo, hasta que nos dimos cuenta de que lo que se les da mal siempre tiene que ver con limpiar una sartén, el culo de un niño o programar una lavadora. ¡Qué suerte tienen ellos, que son fantásticos en el hábil arte de tener poder!

Da la impresión de que algunos señores siempre tienen algo mejor que hacer que tirar del carro con lo que toca. Lo de Javier me recordaba a ese documental en el que un señor forja una amistad con un pulpo. Se vendió como «Una conmovedora historia sobre un buzo que se gana la confianza de un pulpo hembra mientras se va formando un fuerte vínculo entre los dos». ¿En serio? Una mujer jamás tendría tiempo para forjar un vínculo con un molusco cefalópodo, porque ya está formando otro y es el que tiene con tus malditos hijos a los que no ves porque estás en el fondo del mar todo el santo día. Nosotras no podemos gestionar una relación con un animal marino, tenemos muchísimas cosas que hacer. También es verdad que tampoco haríamos un documental para justificarnos y no sentirnos mal por el hecho de querer follarnos a una pulpa. No tengo constancia de ninguna mujer que quiera hacer eso.

—Además, amores, imaginaos a mi madre, que no entiende nada de «este mundo», y a mis hermanos allí. Que son más paletos que yo qué sé.

«Exactamente igual que tú», pensé. De repente, mi amiga se había convertido en un híbrido entre un roedor mutante y Tita Cervera.

—Va a estar todo bien —aseguró Javier Gerardo.

La camarera llegó con otro vino para mí. Javier volvió a echarme una miradita. Sin pensarlo, me lo bebí de un trago. No sé si me estaba retando, pero yo estaba dispuesta a llegar al final de este juego.

—¿Dónde os vais de luna de miel? —preguntó Maca para cambiar de tema.

Elena bebió un sorbo de su té mientras se movía en su silla, emocionada.

—Nos vamos a Bali —contestó Javier Gerardo.

—Sí, allí Javi tiene unos hoteles de su cadena y nos sale mejor —respondió ella.

—Lo que quiere decir es que lo tenemos más fácil si vamos a un hotel de la cadena. Además, estaremos como en casa —aclaró él innecesariamente.

«Lo que quiere decir».

Cuando llegó el día, el enlace fue tal y como nos esperábamos. Javier Gerardo iba vestido con un chaqué oscuro y una flor blanca en el ojal de la solapa, sobrio, formal, aburrido. Elena llegó envuelta, casi empanada, en un traje de novia pomposo, brillante y lleno de encaje. Recuerdo alegrarme por ella, había conseguido su objetivo en la vida: casarse con un vestido de princesa y con anorexia nerviosa.

En su discurso, Javier dijo algo así como que se sentía muy afortunado de casarse con Elena porque «le hacía muy feliz» y que «a su lado» la vida era más sencilla. Al parecer, todo trataba de él. Es curioso cómo Javier Gerardo consideraba que todas las mujeres que le rodeaban eran un complemento cuya función consistía en facilitarle la vida, como si Elena fuera un lavavajillas o una aplicación de banca online. La novia, la esposa, la madre, la hija, la prima, la tía, la empleada… Todas eran personajes secundarios.

El enlace se publicó en algunos medios con titulares como: «Boda de ensueño en Menorca. Javier Gerardo Pujol, miembro de una exitosa saga de empresarios hoteleros, y su esposa se dan el sí quiero rodeados de su familia y amigos», «De familia humilde, la esposa del empresario hotelero menorquín, Elena Vidal, ha dado un vuelco a su carrera profesional eligiendo la moda como modo de vida». ¿Qué cojones significa «elegir la moda como modo de vida», ¿no salir desnuda a la calle? ¿Elegir no trabajar? Elena nos enviaba, orgullosa, las noticias que se publicaban sobre el enlace por WhatsApp. Estaba contentísima de ser «la mujer del empresario hotelero menorquín».

Efectivamente, se fueron a Bali de luna de miel y los medios también se hicieron eco de esto. Maca y yo encontramos una noticia en *Vanity Fair* en la que aparecían los dos tumbados en una cama a la orilla de la playa, con un par de cocos con pajita. Él se había quemado bastante la piel y le auguré un melanoma. Lo demás es historia.

Treinta y cinco semanas (II)

Llevaba más de una semana sin ver a Maca, desde que discutimos, y estaba convencida de que se quedaba en casa de Fabiola, pero no me cogía el teléfono ni me contestaba a los mensajes. Sabía que había pasado por nuestro piso porque se había llevado algunas cosas. Mientras, yo tenía a una ciclotímica embarazada de treinta y cinco semanas durmiendo en mi cama. Abrí Instagram, Fabiola estaba haciendo un directo en la plataforma sobre cómo cuidarse la piel cuando llegaba el calor, y hablaba como si estuviera muy segura de todo lo que decía, enseñando productos que la mayoría de sus seguidores mileuristas no podrían comprar en su vida. ¿Cómo se llama el trastorno que te hace creer que es una idea fantástica enseñar productos de La Mer a tu público de clase media baja? Algo me decía que se la pondría en la vagina si no se la notaba lo suficientemente húmeda. Le deseé una bendita candidiasis.

Cerré el directo y me centré en la importante labor que desempeñaba de lunes a viernes: ir a la panadería. Leí en no sé qué libro que Lord Byron coleccionaba el pelo púbico de sus amantes. Se dice que durante su estancia como chichisbeo en Venecia mantuvo relaciones sexuales con alrededor de doscientas mujeres a las que, tras hacer lo que hicieran, les cortaba un mechón de vello púbico, el cual guardaba en sobres individuales en los que anotaba el nombre de la dueña del rizo. Como cuando los asesinos en serie se guardan un objeto de la víctima, este señor convertía en trofeos personales el pelo púbico de las mujeres con las que se acostaba. Todo esto me rondaba la cabeza mientras esperaba en la cola para comprar el cruasán del Señor de la Papada, maquinando si sería posible reescribir la historia y meterle mis pelos púbicos en el bollo en señal de venganza y justicia divina. Un acto intachable para luchar contra el capitalismo. Los libros de historia de las próximas generaciones hablarían de Juana de Arco y de mí. Una salvó Francia y la otra metió unos pelos de coño dentro de un bollo industrial. No se puede comparar, lo mío tenía claramente más valor. No lo hice, pero sí lo chupé.

Entré en el despacho del Señor de la Papada, aún no había llegado. Cuando estaba dejando su desayuno con mi ADN encima de la mesa abrió la puerta de una patada. Parecía muy enfadado.

—No puedo con toda esta mierda, ¿me oyes? Esa sala, ¿la ves? —decía señalando la sala de guionistas—. Está llena de gilipollas. ¿Es mucho pedir tener un guionista que escriba un puto chiste DECENTE?

Su papada temblaba con cada grito que emitía. Furioso, tiró todo lo que había en su mesa; la foto de su mujer y su hijo se rompió por el impacto y el cristal rajó la cara del niño aterrador.

—¿Acaso no tengo razón?

Me dieron ganas de negar con la cabeza para que, con algo de suerte, se cabreara un poquito más. En ese momento no me pareció descabellado que desembocara en un infarto de miocardio o un ictus. Desde luego estaba en la edad idónea para que fuese plausible. A los treinta los hombres se creen invencibles, pero a los cincuenta tienen la edad perfecta para sufrir un ataque cardiorrespiratorio. No penséis mal, no es que me apetezca especialmente ver a alguien morirse delante de mí, al menos no antes de haber desayunado. Le di la razón.

—¿Has mirado lo de los colaboradores? —preguntó mientras me indicaba que me sentara en la silla.

Le hice caso y me senté.

—Los colaboradores —insistió—. ¿Lo has mirado?

Dudé un segundo antes de contestar, el trabajo que había hecho era bastante pobre. Tampoco es que antes le hubiera dado muestras de desempeñar un curro impecable.

—Sí, le mandé un mail con varias propuestas. Hay uno que hace LipSync. Tiene diez millones y medio de seguidores y no es menor. Creo.

—¿Qué?

—Que creo que tiene dieciocho años —contesté comprensiva, pues era consciente de que algunos hombres no tenían muy interiorizado el concepto «menor-de-edad».

Esto me recordó a cuando, con doce años, me inventé el rumor de que uno de los curas que nos confesaban en el colegio, don Javier, se masturbaba dentro del confesionario. Yo no sabía muy bien qué era eso, pero lo había leído en la revista *Vale*, en un reportaje titulado «Diez cosas que hacer para que el chico que te gusta se enamore de ti». En ese artículo se sugerían cosas como ponerte un perfume de vainilla en la vagina, hacerle un baile sexy de apareamiento o practicarle una supergayola. Tips basados en la ciencia para conseguir generar roles basados en la desigualdad y la sumisión, lo que llamamos una relación heterosexual sana. La revista *Vale*, la constitución con la que crecimos todas las niñas de los noventa para convertirnos en las dos únicas cosas que puede querer ser una mujer: estríper o pastelera. Cuando se descubrió que había sido yo quien desató la mentira, me echaron la bronca del siglo y mis padres me castigaron sin salir un mes. Al final, en un giro de los acontecimientos, resultó ser verdad. Una profesora le pilló dale que te pego cuando estaba poniendo a una alumna una penitencia de tres avemarías y cuatro padrenuestros. A mi madre le dio pena que fuese pederasta porque era «un hombre encantador con un aura preciosa». Mi progenitora es la única persona que puede defender a un pedófilo porque le da, como ella dice, buenas «vibes».

—No, que qué es eso del *Lysin* —dijo.

Suspiré. Estaba agotada.

—Que hace playbacks muy rápido. Es algo increíble, no se pierde casi nunca. Da igual la canción o el guion que le pongas —expliqué con una sonrisa.

—Tipo así: «Seré tu amante bandido, bandido…» —berreó a toda velocidad.

Iba a matar a este tío. Después ya me preocuparía de buscar una coartada que me librara de prisión.

—No, está usted cantando. Eso es cantar.

—«Corazón, corazón malherido…» —continuó, bajando el tono.

—Es lo mismo pero más bajito, puedo oírle.

El Señor de la Papada bajó aún más el volumen y el resultado fue una especie de ASMR execrable. Aunque «ASMR» y «execrable» bien pueden significar lo mismo.

—«Me perderé en un momento contigo… Por siempre… Seré tu héroe de amor».

Decía cada palabra con una sonrisa y un disfrute desmedido.

—Más o menos —contesté dándome por vencida—. Aunque él lo hace así.

Le puse el vídeo del chaval. Tenía un pelo rarísimo, y deduje que carecía de amigos porque nadie le había dicho que esa permanente era para que le detuvieran. Estaba doblando una canción de Bad Bunny en su habitación, llena de luces de colores, ropa por el suelo y un póster de Son Gokū en su puerta. Se movía al ritmo de «Dákiti», con unos contoneos que me resultaron purgativos. Quizá fuese lo peor que había visto en mi vida, y eso que una vez vi en directo a Alejandro Sanz.

El Señor de la Papada lo observó con atención.

—Esto es una puta gilipollez. Necesitamos otra cosa… ¿Qué se lleva ahora?

—¿La ketamina?

—No, ¿qué es lo que no tengo en mi programa?

—No lo sé.

«¿Gracia?», pensé.

—Mujeres —dijo contestándose a sí mismo.

El Señor de la Papada se paseó por su despacho, pensando. Parecía enajenado. Mientras daba vueltas, se iba desajustando el nudo de su corbata azul de seda. Yo le observaba desde mi silla, estática.

—¡Ya está! Haz tú una sección. Eres cómica, ¿no?

Definitivamente, estaba completamente enajenado.

—No, a ver… No sé —contesté dubitativa.

Estaba emocionado como un niño. Terminó por quitarse la corbata y la lanzó encima de la mesa.

—A la gente le va a encantar que saquemos a una guionista. Ya veremos si funciona. Tampoco hace falta que salgas muchas veces. Pero eso me va a dejar en buen lugar, doy opción a mis guionistas a salir en pantalla y encima a una chica. ¡Es fantástico!

—Yo aquí no trabajo de guionista —aclaré.

Sin moverme siquiera, mi cuerpo empezó a sudar.

—¿Pero no mandas el guion? —preguntó con curiosidad.

—Sí.

—Pues entonces eres guionista. Prepárate una sección para hoy.

Yo no daba crédito. No podía enfrentarme a algo así de buenas a primeras. Quería que me tragara la tierra, desaparecer, morirme.

—No, no… Yo necesito prepararme —me justifiqué.

El Señor de la Papada suspiró como si se le estuviera agotando la paciencia.

—¿No tienes algo de texto?

—Sí… Pero necesitaría tiempo.

Dio un golpe en la mesa que me hizo dar un respingo.

—¡No hay tiempo! Tiene que ser hoy, los de arriba ya me han dado un toque. Necesito sacar algo YA —gritó.

—Pero yo nunca he hecho televisión —expliqué nerviosa.

—Mejor, más fresquito. Vamos a darle magia. Fuera los convencionalismos, hagamos que sea posible y empecemos a soñar de verdad. Esto es lo que necesitamos.

Me estaba entrando un terrible dolor de cabeza. Deseaba cavar un agujero y meterme dentro, cubrirme de tierra húmeda y que nadie me encontrara nunca.

—¡Venga ya… Alegra esa cara de acelga! Hoy hacemos pico de audiencia. Y ahora cierra la puerta. Dios mío, creo que la tengo dura.

—No me parece profesional que me indique el estado actual de su…

—A trabajar —ordenó mientras se sentaba en su escritorio y se llevaba el móvil a la oreja.

Me levanté y salí corriendo hacia mi sitio. Me senté temblando y traté de localizar un texto con el que me sintiera cómoda y que hubiera probado anteriormente. No tuve éxito, todo me parecía insuficiente y mediocre. Tener que hacer una sección al lado de ese señor ya me producía taquicardia. Mis manos empezaron a sacudirse de forma descontrolada y sentí que no era yo la que estaba al mando de mi propio cuerpo. Me tomé un par de orfidales de emergencia que tenía en el cajón del escritorio. Y luego me tomé un tercero. Pensé que, en realidad, podría decir que no, no le debía nada a nadie, podía irme de allí y no volver, no mirar atrás, pero, por otro lado, tampoco quería desaprovechar esa oportunidad. Al fin y al cabo, eso era lo que realmente quería, ¿no?

Alcé la vista y ahí estaba el Camisetas, con una sonrisa.

—¿Vas a hacer sección esta noche? ¡Enhorabuena! Oye, si necesitas ayuda con el guion o lo que sea…

Me pregunté cómo se había enterado tan rápido.

—El jefe nos ha dejado un mail —aclaró, como leyéndome el pensamiento. Tenía sentido.

—No, no te preocupes, estoy mirando lo que tengo por aquí —contesté.

—Como llevas tiempo sin subirte… Por eso te lo decía, pero si no quieres no me meto.

—Bueno, creo que puedo hacerlo. Si necesito algo te pregunto —respondí con toda la tranquilidad y educación de la que fui capaz.

Dirigí la vista a la pantalla para retomar el trabajo. El Camisetas me interrumpió de nuevo.

—Escúchame, no quiero que te inmoles en *prime time*. Es mucha presión, te lo digo porque yo ya he pasado por eso —explicó con condescendencia.

Respiré hondo mientras apartaba, una vez más, la vista de la pantalla.

—Sí, y tampoco es que te fuera increíble, porque no te ha vuelto a llamar —dije con sorna.

El Camisetas abandonó su expresión de cánido afable que espera paciente a que su dueño salga del supermercado y tensó la mandíbula.

—Eres una persona insufrible. —Alzó la voz para que toda la redacción pudiera escucharle—. Quizá no te importe saberlo, pero toda la oficina te odia. Nadie te aguanta y TODOS hablan a tus espaldas. Yo soy el único que te he defendido. El único que por lo menos trata de ayudarte. ¿A que sí, Manuel? —preguntó a uno de los guionistas, que estaba concentrado apuntando cosas en un cuaderno.

El Camisetas se giró en dirección a Manuel esperando su apoyo, como si hubiera un contrato tácito de fraternidad, un amparo, una cooperación por su parte por ser miembros de la misma manada, pero solo obtuvo indiferencia. Me alegré.

Miré en mi cajón y saqué una bolsa de patatas fritas que abrí con una delicadeza magistral, colocando las manos como una pianista que toca las primeras notas de «Preludio n.º 1 en do mayor» de Bach. Se quedó observándome con una calma asfixiante, como a quien le aparece en YouTube un anuncio de una ONG en el que afloran unos cuantos niños desnutridos y pulsa el botón de saltar para ver un vídeo sobre criptomonedas. El ambiente era irrespirable, me sentía incómoda pero traté de disfrazarlo de indolencia.

—Gracias. Eres el mejor.

—¡Que te aprovechen las patatas! —exclamó a la vez que se daba la vuelta.

—Gracias —repetí mientras me introducía en la boca un puñado de patatas fritas totalmente excesivo.

No conseguí tragármelas, por lo que terminé escupiéndolas en la papelera que tenía debajo de mi mesa. Sentí miedo. ¿Y si tenía razón? ¿Y si me inmolaba en televisión como un exconcursante de *Gran Hermano*?

—No te vayas, espera —le grité.

El Camisetas se volvió. Podía oler mi miedo. Lo sabía.

—Creo que voy a hacer esto —le grité señalando mi ordenador—. ¿Quieres que te lo pase y lo ves?

—Claro —contestó con una paciencia impostada—. Pásamelo y te echo una mano.

Se giró triunfante. Como si hubiera ganado un viaje a Canarias en un concurso de la tele.

Quedaban escasos minutos para que empezara el programa. La maquilladora estaba dando al Señor de la Papada los últimos retoques en su cara de ventrílocuo; parecía Jerry Mahoney, pero aún más hermético y terrorífico.

—Basta, déjalo, me estás poniendo naranja. Échame los polvos para los brillos, que luego sudo como un cerdo —le gritó con desprecio.

Recordé la vez que le chorreó por la cara un tinte que le habían puesto para disimularle las canas. Lo mismo que le pasó a Rudy Giuliani, exalcalde de Nueva York. Era como si el tinte, al igual que sus esposas, quisieran salir huyendo. La exmujer del Señor de la Papada era una conocida periodista que hace unos años concedió una entrevista a una revista del corazón hablando sobre su relación y lo acusó de maltrato psicológico. Al final pasó lo que suele pasar en la mayoría de las cancelaciones a hombres poderosos: absolutamente nada.

El público ya había ocupado sus asientos. Una audiencia que estaba deseando ver al Señor de la Papada. Yo estaba sentada en primera fila, esperando mi turno, maquillada como una puerta porque no me vi con la autoridad suficiente para decirle a la *make up artist* que no quería parecerme a María Teresa Campos en los noventa. El Camisetas vino hacia mí. Se puso de cuclillas y se me acercó al oído.

—Tranquila, tu texto es brutal. Lo vas a hacer bien. Y si no, no pasa nada. ¿Qué son? ¿Solo tres millones de personas viéndote?

El corazón comenzó a latirme muy fuerte. Podía escuchar cada bombeo. Era capaz de sentir la sangre corriendo hacia mis pulmones, cargándose de oxígeno y distribuyéndose como un rayo por todo mi cuerpo. Mi sistema empeñado un día más en mantenerme con vida.

—¡Vamos a grabar!

Treinta y cinco semanas (III)

El tiempo pasaba muy lento y a la vez muy deprisa. El realizador dio el aviso y el equipo se colocó en sus puestos con la precisión de un reloj. La gente burbujeaba de un lado a otro sin parar, como canicas en una máquina de *pinball*. El programa empezó con el monólogo, como cada día. El Señor de la Papada leía con soltura el texto que iba apareciendo en el teleprónter y los guionistas revisaban si los chistes que habían escrito eran acogidos por el público del plató, como si esas cincuenta personas estuvieran legitimadas para emitir una valoración de calidad. Aun así, eran perfectamente conscientes de que si los espectadores no se reían lo pagarían ellos al día siguiente. Me froté las manos contra mi camisa prestada del vestuario de la productora, dos grandes cercos de sudor se abrían paso a través de mi ropa. Estaba nerviosa y, rechazando cualquier aspecto positivo, podía intuir que todo iría estrepitosamente mal.

Cuando llegó mi turno, el público me recibió con un aplauso tímido. Se preguntarían quién era yo, y tampoco estaban acostumbrados a ver a una mujer en ese sofá en el que se había hecho más *manspreading* que en cualquier asiento del metro. Una cámara montada en una grúa me siguió hasta que me senté como buenamente pude. Llevaba un texto aprendido en el que hablaba sobre la familia real y la comparaba con las Kardashian, pero no sabía si mi paralelismo de Kylie Jenner con Victoria Federica se iba a entender. Todo empezó a ponerse increíblemente borroso y me entraron unas terribles ganas de vomitar. Podía escuchar mi pulso como si fuera el beat de un tambor. Me veía incapaz de gestionar mis necesidades biológicas primarias, por lo que retener los fluidos dentro de mi cuerpo se volvió una tarea imposible. Oía la voz del Señor de la Papada como si estuviera muy muy lejos, tanto que ya no me importaba lo que estaba diciendo. Me fijé en cómo mi jefe comenzaba a sudar, daba igual el maquillaje que le hubieran puesto porque los churretones de color marrón caían sin parar sobre su camisa oscura. Mi cerebro no lograba procesar lo que estaba ocurriendo y la conversación se volvió críptica y confusa. No pasó más de un minuto, pero ese tiempo de silencio en televisión es como un año en la vida real.

—¿No tenías algo que contarnos? —volvió a preguntar el Señor de la Papada, ya un poco impaciente.

Yo le observaba como si pudiera ver a través de él, y pensé en mis compañeros y en sus rostros de suficiencia, dándose la razón entre ellos al comprobar que la había cagado tal y como esperaban. El Camisetas estaría sonriendo, el hijo de la grandísima puta. De repente, como si hubiera tenido una especie de revelación mística, abrí la boca para pronunciar mi homilía, pero lo que me salió fue un vómito amargo que se extendió por todo el plató, como si mi boca fuera un aspersor de riego que alimenta una tierra estéril. Me fijé en la cara del Señor de la Papada, manchada de mis jugos gástricos; miré a la cámara, al realizador que no sabía cómo actuar o qué hacer. Yo tampoco. Solo acerté a levantarme como pude y salir de allí corriendo. Si no me hubiera pasado a mí me parecería pura televisión, lo más esperpéntico y entretenido que había ocurrido en ese programa. Detrás de mí escuché gritos y a alguien diciendo que cortaran la señal. Mi carrera había terminado el día de mi estreno.

Jadeando, me metí en el baño más próximo de la productora y cerré la puerta con fuerza. Me apoyé contra ella, como bloqueándola. Miles de pensamientos estallaban dentro de mí como si fueran maíz y reaccionaran al contacto de mi temperatura corporal. Cuando trataba de recomponerme y controlar mi respiración, alguien empujó la puerta y la abrió de par en par. Era el Camisetas. No podía ser. De verdad, ¿había matado a un bebé recién nacido en otra vida? ¿Había sido un sacerdote maya que había sacrificado a miles de vírgenes y niños indefensos para ofrecérselos al dios de la lluvia?

El Camisetas entró sin preguntar.

—¿Qué quieres? —dije sin mirarle.

—Saber qué tal estás...

Me apoyé en el lavabo, me lavé la cara y me enjuagué la boca. Se me corrió el rímel que me había puesto la terrorista estética de la maquilladora. Abrí mi bolso y cogí dos ansiolíticos, me los tomé bebiendo directamente del grifo.

—¿Qué te tomas?

Tragué con dificultad.

—¿No deberías salir de este baño? —pregunté inquisitiva mientras cerraba el grifo.

El Camisetas se acercó más.

—No es para tanto, de verdad. Esto nos pasa a todos. Bueno, a mí no.

—Tengo que mear —dije, y le invité a marcharse con un gesto.

El Camisetas se encogió de hombros como si le diera igual. Llegados a este punto, solo tenía ganas de vomitar otra vez pero en la intimidad de su cara, aunque no estaba segura de si eso iba a disuadirle. Tenía pinta de disfrutar de lo lindo con los fluidos ajenos. Abrí la puerta del inodoro. Él reaccionó agarrando el canto con determinación. Me cogió la muñeca y, arrastrándome contra él, situó su cara muy cerca de la mía. Podía sentir su respiración, su aliento caliente impactando contra mí. No me moví.

—¿Qué haces exactamente? —pregunté.

—Nada.

Me quedé quieta, esperando, incómoda, pero expectante por ver cuál sería su próximo movimiento. No me podía creer que el Camisetas estuviera percibiendo que lo que necesitaba esa noche era enrollarme con él en el baño del trabajo. Bajó su mano y me agarró por la cintura. La otra mano la puso en mi cara.

—¿Acaso quieres que haga algo? —preguntó con una voz que trataba de ser seductora.

Mis sospechas se vieron confirmadas. Con un gesto firme y aséptico, el tipo se acercó para besarme, pero logré esquivarlo con destreza. Le empujé hacia atrás para separarlo de mí. Necesitaba que dejara de invadir mi espacio vital.

—Perdona, una pregunta... ¿Tú eres imbécil? —acerté a decir.

Él me miró como si no entendiera qué estaba pasando, como si mi respuesta no cuadrase con su manual de instrucciones. Como a quién le toca la almendra podrida de la bolsa. Se quedó callado, sin saber qué decir, ¡por fin! Es digno de análisis la cantidad de hombres heterosexuales que se sorprenden cuando las mujeres dicen que no. Y ese «NO» puede ser pronunciado simplemente con nuestro lenguaje corporal. De hecho, muchas veces, cuando las mujeres se niegan expresándolo de este modo, algunos machos alfa se revuelven porque consideran que no han sido lo suficientemente claras. Es bastante irónico que los perros sepan diferenciar perfectamente cuando las perras quieren *temita* EXCLUSIVAMENTE POR LOS MOVIMIENTOS DE ESTAS, ya que la hembra lanza llamativas señales cuando ha llegado su momento más fértil, mostrando con el ladeo de la cola que está ovulando, y que un tal Antonio informático de Tarragona no se pispe de que la chica que le gusta de su trabajo no tenía, en esa comida de empresa, ni la más mínima intención de acostarse con él. En serio, chicos, eso os deja en peor lugar que a la gran mayoría de los machos de otras especies. Algunos han sido cuidadosamente adiestrados para pensar no solo que les deseamos, sino algo muchísimo peor, que nuestro deseo es irrelevante, inocuo y prácticamente inexistente. Ellos son seres deseantes y nosotras entes pasivos que orbitamos a su alrededor. No les resto responsabilidad a sus actos, ni mucho menos, pero reciben continuamente estas directrices a través de un sistema social y cultural que les valida, y que no lo hagamos nosotras no entra en sus planes. Les desconcierta. Han sido evangelizados con unas enseñanzas completamente falsas sobre lo que somos y queremos en realidad las mujeres. Doctrinas que les marcan un camino en el que nos parece fenomenal follar con ellos a todas horas pero no nos atrevemos a decirlo y mucho menos a dar el paso. Somos putas y santas, al mismo tiempo. Realmente son capaces de pensar que cuando decimos que no, en realidad estamos queriendo decir que nos morimos por hacerles un anilingus descomunal. Algunos se cuestionan todo esto, otros no, por el simple hecho de que les viene demasiado bien. ¿Cuántas veces hemos escuchado eso de «era una calientapollas»? O a lo mejor no quería acostarse contigo porque, además de ser una persona deleznable, eres extraordinariamente feo, Paco. Es superficial, pero una verdad como un templo.

Me eché para atrás con rapidez y, aprovechándome de su desconcierto, salí de ahí corriendo. Al agarrar el pomo de la puerta, recordé que me estaba meando.

—¿Adónde vas? ¿Quieres que hable con el jefe? Seguro que se puede solucionar.

No contesté. Di un portazo que resonó por toda la redacción. Me dirigí al ascensor, pulsé repetidas veces el botón de llamada. Estaba ocupado. No podía esperar más, así que bajé por las escaleras. Eran ocho plantas. La vejiga me iba a reventar, pero decidí ser valiente y tratar de llegar a la calle. Contaba los escalones, uno tras otro, intentando no pensar. En la segunda planta fui consciente de que no aguantaba, era un hecho: me iba a mear encima. Solo me faltaba eso para rematar el día. No podía permitirlo. Así que me detuve en el rellano de la escalera, me bajé los pantalones y las bragas y eché la meada más larga de mi vida. Era oficial, había tocado fondo.

De camino a casa pasé por delante de La Bonita y a través del cristal vi a Álvaro gritándole a un camarero. Entré para preguntar por Maca.

—Maca lleva más de una semana sin venir. No me coge el teléfono. Si la ves, hazme el favor de decirle que está despedida.

—Ya tenemos algo en común —me quejé.

—¿Te han despedido?

—No estoy segura, pero creo que sí —repliqué.

—¿Cómo podéis ser todas tan incompetentes? —respondió burlón.

Me encogí de hombros. Acto seguido, me dejé caer en la barra y escondí la cabeza entre las manos. Tenía sueño pero quería beber.

—¿Me pones algo?

—¿Vas a pagármelo?

—Espero que no.

Me devolvió una mirada de resignación, suspiró, se dio la vuelta y empezó a preparar dos copas. Creo que le inspiré algo de lástima. No me importó. Me daba igual inspirar lástima siempre que me saliera con la mía. Le miré de arriba abajo. Como siempre, iba impecable, salvo porque llevaba un jersey negro de cuello vuelto; no hay nadie al que ese tipo de cuello no le haga parecer un capullo. Excepto si eres una señora de mediana edad que trabaja como columnista en una revista cultural en Nueva York. Tal y como señalaba Nora Ephron: «Siempre llevo un jersey de cuello alto negro a cualquier parte. Es uno de los mayores logros de mi vida». Pero qué más daba, a fin de cuentas él era un capullo.

—¿Cómo está Fabiola? —pregunté sabiendo la respuesta.

—Lo hemos dejado. No funcionó. Nos hemos dado cuenta de que queríamos cosas diferentes —respondió sin dejar de preparar las bebidas.

Me hizo gracia eso de «queríamos cosas diferentes», cuando yo sabía que no funcionó porque querían la misma maldita cosa: un coño. Me tomé la copa de un trago y luego cayeron cuatro más. Y cuando Álvaro cerró La Bonita, fuimos a su casa a bebernos otras tantas.

Álvaro vivía a las afueras de Madrid, en un chalet que tenía el sello de un decorador o decoradora con un presupuesto holgado y poca visión. Olía a incienso y a alguna planta aromática que no supe identificar. Ahí estaba, en una casa de cuatro alturas cerca de La Finca, incapaz de calcular con precisión su precio en Idealista. Unos ventanales enormes daban a un jardín con una piscina minimalista de porcelánico. Me dio por pensar que si tenía que morir ahogada, me gustaría que fuese ahí.

—¿Copa? —dijo Álvaro mientras abría un armario de color negro de su preciosa cocina americana y sacaba una botella de ginebra.

Asentí con la cabeza. Mientras aproveché para analizar la foto que presidía el salón encima del televisor de setenta y cinco pulgadas. Esta era peor que las que tenía Elena con Javier. Una Fabiola en blanco y negro me sonreía desde un coche descapotable de los años sesenta, que habría alquilado el fotógrafo de parejas para hacer esa sesión hortera y vulgar. Parejas que pagan por hacerse books de fotos, una de las peores cosas que existen en el mundo después de la xenofobia; bueno, perdón, quería decir antes de la xenofobia. Me costaba creer que esa chica sonriente fuera la misma que seguramente estaría dejando que mi mejor amiga le hiciera uno de sus maravillosos y celebrados cunnilingus.

—Tengo que quitarla —exclamó desde la cocina.

El Álvaro de la foto iba con esmoquin y estaba apoyado en el capó, una pose a lo James Dean de saldo. Comencé a escuchar ruidos en la cocina y pude oír la risa de Álvaro. Volvió con un gin-tonic en una mano y su móvil en la otra.

—¿Esta eres tú?

Me mostró la pantalla de su iPhone de última generación y sí, era yo unas horas antes. Verme desde fuera me produjo una disociación extraña, como si esa fuera otra persona. A la del vídeo se la veía vomitar y salir corriendo. El clip duraba pocos segundos y volvía a repetirse una y otra vez, como una pesadilla recurrente. Los retuits se contaban por miles. Álvaro me vio la cara y me entregó el gin-tonic a la vez que me invitaba a ocupar su sofá chester de cuero negro. En la decoración, solo le faltaba una alfombra de piel de oso con cabeza incluida para ser el cliché con patas que parecía ser. Él se sentó primero, seguro de sí mismo. Le imité, como si me hubiera acomodado ahí mil veces.

—No es para tanto. Estas cosas se pasan en un par de días.

Quizá tuviera razón, seguramente en tres días cancelarían a otro cómico por hacer un chiste sobre personas no binarias.

—Bueno, igual tarda un poco más porque hay vómito, pero como mucho una semana —aclaró.

—Quizá está bien vivir convertida en un meme —me quejé.

—Oye, no todo el mundo puede decir algo así. Desde luego es algo destacable en la vida de alguien —añadió.

Levantó su copa en un gesto de brindis.

—Tampoco es que mi vida fuese la hostia antes de esto —murmuré antes de acercarme la copa a los labios.

—Bueno, ¿tú no te dedicas a hacer reír? Pues lo has conseguido. Estás haciendo reír a la gente.

Álvaro se quitó sus zapatillas de deporte blancas, relucientes, descubriendo sus calcetines de color beis impolutos. Sin dejar de mirarme, apoyó los pies en la mesa.

—Me hubiera gustado hacerlo de otra manera —repliqué dolida.

—¿Pero lo has conseguido o no?

—En parte sí —contesté, no muy segura de lo que estaba diciendo.

—¿Lo ves? No todo es tan complicado.

—Para ti no.

Le pegué otro trago a mi gin-tonic. Estaba buenísimo.

—¿Qué quieres decir?

—Que no sabes lo que es ser un despojo social. Eres un tío que entra en cualquier bar de Madrid y, solo con ajustarte la corbata, el barman ya te está poniendo la copa que quieres.

Soltó una sonora carcajada al mismo tiempo que se apartaba el pelo de la cara en un gesto muy estudiado.

—No llevo corbata —respondió entre risas.

—Ya me entiendes —aseguré.

—Tú tampoco eres un despojo social, eres una privilegiada más y lo sabes. Quizá no tanto como yo, pero ya me entiendes.

Pensé que tenía toda la razón. Me quedé callada observando la piscina a través del ventanal.

—Me gustas —dijo de repente, sin venir a cuento.

Álvaro te hablaba con la seguridad de uno de esos coach que van a las empresas y les dicen a los empleados que ganan novecientos euros al mes que pueden aspirar a más, que se permitan soñar en sus pisos de treinta metros cuadrados. Y consiguen convencerlos de que pueden llegar a ser CEO de su compañía y comprarse un velero en el que navegar por las calas de Ibiza en verano.

—Será porque soy mediocre. A los ricos a veces os atrae eso, os resulta exótico. De vez en cuando, os excitan los seres humanos simples. Es una filia más, como a quien le gusta meterse líquidos por el ano.

Bajó los pies de la mesa y posó su copa. El sobre era de mármol italiano. Puso ahí la bebida, sin posavasos, desnuda, dejando un cerco en la superficie. Para él el valor de las cosas era completamente diferente que para el resto del mundo, que para mí, eso lo comprendí desde el momento en que nos conocimos, cuando Maca entró a trabajar en ese bar hace dos años. Sabía, como si fuera un mantra, que él estaba al corriente de la distancia que había entre nosotros, una separación que era casi palpable, inamovible, material, una distancia que él se encargaba de marcar con cada movimiento, con cada gesto. Una distancia que se generó en el mismo instante en que llegamos al mundo, una distancia que ya estaba entre nosotros incluso antes de ser conscientes de ella. Yo jamás sería como él, y él nunca entendería quién era yo, no sé si porque no quería o porque ni siquiera tenía las herramientas necesarias.

—Me apetece besarte —dijo con naturalidad.

La vergüenza ajena invadió todo mi cuerpo, dejándome un leve poso de repulsa. No dije nada. Se apartó el mechón que le caía por la frente, acercándose aún más. Me miró un rato, en silencio, y me besó. Jamás había visto una forma de ligar más presuntuosa, pero no me molestó del todo. No sabía si realmente me atraía o estaba aburrida y me sentía sola, pero me acosté con él. En ese momento, me pareció una buena opción.

Después, Álvaro se quedó dormido. Roncaba estrepitosamente. Verle así hizo que le detestara un poco menos, lo humanicé de alguna manera. Me levanté y aproveché su inconsciencia para curiosear por la casa. Abrí su armario, todas y cada una de las prendas eran de diseñadores reconocidos; toqueteé su ropa, estaba limpia, ordenada, cuidada, suave, esponjosa… Investigué en sus cajones, rebusqué entre sus papeles y abrí su nevera. Había una bandeja medio vacía de sushi de un conocido restaurante japonés de Madrid en el que jamás había estado y me la comí con las manos. Después, le robé cien euros de la cartera, cogí mis cosas y me fui. Era como si me estuviera cobrando el polvo pero sin decírselo. ¿Eso me convertía en prostituta? Era una transacción muy rara, sin duda, porque él no lo sabía. Prostitución pero con un protocolo menos invasivo, pero igual de horrendo. En fin, qué más da.

Treinta y seis semanas

Llevaba días tirada en mi cama relacionándome solo a través de sonidos guturales con Elena, que entraba en mi habitación de vez en cuando para comprobar que no me había muerto por una sobredosis de benzodiazepinas. En Twitter mi vídeo seguía viralizándose, la regla de los dos días no estaba funcionando. Por mi parte, solo quería ver *Una rubia muy legal* una y otra vez. ¿Por qué no podía ser Elle Woods? Ella sabía muy bien lo que quería y cuáles eran sus objetivos profesionales. Logró terminar Derecho en Harvard, a pesar de que entró en la universidad por motivos estrictamente patriarcales y siguió uno por uno los pasos de los estereotipos de género más terroríficos, todo para conseguir llamar la atención del impresentable de su ex, pero al final se convertía en una prestigiosa abogada. Una abogada rubia con un chihuahua metido en un bolso de Prada.

Saqué mi petaca de debajo de la cama y bebí con ansiedad. Acto seguido, cogí el móvil y vi cómo se agolpaban los wasaps y las llamadas perdidas de mi madre, Álvaro, el Camisetas y la de recursos humanos de mi trabajo. Deseché la idea de responderlos. En su lugar, desbloqueé el teléfono y abrí Instagram, ahí estaba la foto de Maca y Fabiola sonriendo a miles de desconocidos. Sabía que la de esa foto era mi amiga pero al mismo tiempo me dio la sensación de que no la conocía. Se había generado toda una revolución en redes sociales cuando Fabiola anunció que había dejado a su novio pijo de pelo brillante y ahora estaba con una mujer. Habían pasado dos semanas, o quizá más, no estaba segura, desde mi discusión con Maca, desde que no nos hablábamos, desde que me abandonó con una mujer embarazada viviendo en nuestra casa. Consideraba que lo que me había hecho era una traición en toda regla. «Traición», la mejor palabra que existe en el castellano, ocho letras que son capaces de representar un millón de sentimientos dolorosos y desgarradores. Siendo perfectamente consciente de que era la típica amiga tóxica, me metí en Instagram a cotillear el perfil de Fabiola para sentirme peor. Abrí sus stories, pasé por encima de los vídeos de la preciosa y lujosa habitación de un hotel en Formentera en el que estaban alojadas. En los siguientes stories, Fabiola compartía orgullosa un anuncio de Tampax en el que Maca participaba. Vi el vídeo completo, y probablemente fueron de los peores minutos de mi existencia. «Lo conseguiste, amiga, conseguiste hacer lo que querías, salir en un anuncio vestida de colores, pegando saltos, como una enajenada, y maquillada como si fueras parte del cast de *Euphoria*». El anuncio consistía en una pieza rebozada de falsa inclusión en el que por participar una gorda y una asiática guapa que viste bien daban por hecho que eran el adalid de la revolución feminista transversal. Una revolución cubierta de *glitter* pegajoso, que se te mete en los ojos y tardas días en eliminarlo. Sentí envidia, porque aun así parecía que ella había conseguido algo que yo no tenía. Aunque no sabía muy bien identificar qué.

Elena llamó a mi puerta, sacándome de mis pensamientos.

—Nos vamos. Vístete.

Entró en mi cuarto y se quedó mirándome. A los pocos segundos, me tiró con violencia unos vaqueros que agarró de un montón de ropa que había encima del escritorio.

—¿Adónde?

—A casa de tu madre, me ha llamado. Dice que no le coges el teléfono y que vayamos a comer. Así no puedes estar. Y dúchate, tía, que apestas —me dijo.

Me quedé mirándola, sin intención de moverme del sitio.

—Solo ha sido un vómito. ¿Cuántas veces me has visto vomitar a mí?

—En televisión, ninguna —dije tapándome con el edredón.

Elena se sentó en el borde de la cama y me fijé en que estaba enorme, su tripa estaba alcanzando unas dimensiones descomunales. Cada día que pasaba, su hija se daba más prisa por salir. Tenía ganas de asomarme al coño de su madre para gritarle que se quedara quieta, que no le iba a gustar la que se le venía encima. ¡NO SALGAS!

—No voy a ir —afirmé acurrucándome.

—¡Nos vamos! Y conduces tú, que yo así, como comprenderás, no puedo.

—Hace muchísimo que no muevo mi coche. Igual no funciona. Además, cuando te vea mi madre va a querer que des a luz en el estanque ese que tiene al lado de su casa con patos muertos panza arriba.

—A lo mejor debería hacerlo ahí y no en la Ruber.

En el trayecto, Elena estaba muy callada. Miraba por la ventanilla y suspiraba, como si fuera un personaje de Charlotte Brontë.

—¿Has visto el anuncio de Maca? —pregunté por sacar un tema de conversación y romper la tensión que nos asfixiaba.

—Sí, me gustó.

—¿Perdona? Me ha parecido lamentable —sentencié.

—Está currando de lo suyo. Eso es mejor que trabajar de camarera, deberías alegrarte por ella.

—¿Tú también con eso? —dije mosqueada.

—¿Yo? —preguntó haciéndose la inocente.

—No sé, parece que todos lo tenéis todo clarísimo y me tratáis como si fuera una demente.

—Nadie te trata como si fueras una demente, sino como lo que eres: una egoísta.

—¿Egoísta yo? Te recuerdo que he vomitado delante de toda España. Tendré derecho a quejarme, ¿no?

—Sí, todo trata de ti, cariño —me dijo con desdén.

—Esto sí. Además, ¿egoísta? Vives en mi casa pagando CERO euros. Te lo digo porque a lo mejor te falla la memoria —contesté alzando la voz.

—¿Tengo que darte las gracias por no dejarme en la calle en el peor momento de mi vida, amor?

—¿Sabes lo que más me sorprende? ¿Sabes lo que está pasando aquí, AMOR?

Por mi tono, Elena prefirió esperar a que dijera lo que tenía que decir.

—Que te crees que eres mejor persona que los demás. Te recuerdo que eres tan rata, tan abyecta, tan miserable, tan pueril y tan egoísta como yo. No me vengas ahora de santa, que a estas alturas deberías saber de primera mano que eres una cabronaza, Elena, lo has sido siempre. Has pasado por encima de todo el mundo, eligiendo tú primero, quedándote solo con lo bueno, en la superficie, sin mojarte nunca, desechando, rompiendo y destruyendo todo a tu paso. ¡No pienso ser benévola contigo porque estés embarazada! —grité.

Noté que me quedaba sin respiración, por lo que, sin quitarle ojo de encima, empecé a pisar el freno en medio de la carretera secundaria por la que transitábamos con mi Toyota desvencijado. Invadí, sin percatarme, el carril contrario y un coche que venía en la otra dirección empezó a pitarme. Temblando, recuperé el control del coche, volviendo a mi carril. Frené en seco en el arcén. La conductora del vehículo con el que casi chocamos se paró a mi lado, bajó la ventanilla y empezó a gritarme como una enajenada; tenía razón, pero no se lo pensaba reconocer. La mujer me amenazó con apearse del coche.

—Más vale que te pires porque como bajes te atropello, zorra —bramé.

—¡Sinvergüenza! A ver si te estampas pronto, que es lo que os merecéis los que conducís así.

Acto seguido, se marchó a toda velocidad haciéndome una peineta. Todo sucedió muy deprisa.

Al girarme hacia Elena, vi que estaba todavía agarrada al asidero del techo, parecía muy asustada.

—Pero ¿qué haces, loca? —se quejó.

La ignoré, estaba fuera de mí, estaba furiosa, violenta. En ese momento la habría obligado a bajarse y habría pisado el acelerador hasta el fondo, dejándola abandonada en la carretera. Cogí aire un segundo y volví a la carga.

—¡¡¡Y te voy a decir otra cosa, esa hija que esperas va a ser tan hija de la gran puta como tú porque tendrá la maldita desgracia de que seas su madre!!! —exclamé a punto de llorar—. Cada una ha tomado sus propias decisiones en la vida y aquí estamos. No voy a pedir perdón por no ser la amiga que queréis. Vosotras tampoco lo sois para mí. De hecho, no os aguanto. ¡A ninguna de las dos! —grité con la voz entrecortada.

—Nadie te ha dicho que pidas perdón, amor. ¿Acaso te lo he pedido? Miras por encima del hombro a todos porque crees que lo hemos tenido más fácil que tú. Consideras que mi vida es más sencilla que la tuya, pero es que no te paras a mirar. No eres una niña refugiada, tuviste el Tamagotchi la primera de toda la clase. Aún me acuerdo de eso. Yo vivía en un piso de cuarenta metros cuadrados en Vallecas con mi madre y mis hermanos. A lo mejor se te ha olvidado que yo no lo tuve todo siempre.

—¿Me sacas a tu madre? Desde que te liaste con Javier la tratas como si fuera una extraña. Has extirpado a todas las personas que no te cuadraban en tu vida. Eres una acomplejada y una ridícula. ¿Y tú me llamas egoísta? Es acojonante.

Elena se giró rabiosa, las lágrimas corrían por sus mejillas rellenas de bótox. Me dio lástima.

—No quiero hablar más —anunció de pronto.

—Genial —remarqué para quedar por encima.

Ambas nos quedamos un rato en silencio, solo se oían los coches que pasaban por nuestro lado a gran velocidad y a Elena sorbiéndose los mocos. Le cogí la mano y la estreché con fuerza.

—Perdona. De verdad, que no pienso todo lo que he dicho. Es que no sé qué coño me pasa —confesé arrepentida.

Elena sacó un pañuelo de su Louis Vuitton All-In y se sonó la nariz. Acto seguido, me sonrió, o eso intuí que hacía.

—Sácame de este puto secarral —acertó a decir.

Al llegar a casa de mi madre, llamamos al timbre con forma de flor que había instalado para darle un toque hippie a su vivienda. Nadie respondió. Oímos unas voces que provenían del jardín trasero y, dejándonos guiar por ellas, nos la encontramos allí, dentro de un chándal color camel y guiando lo que parecía una clase de yoga. Un montón de señoras menopáusicas seguían como podían sus indicaciones.

—Chicas, espalda recta. Así, así. Para arriba. Grande, Lola, grande —decía mi madre.

Las señoras intentaban completar el ejercicio moviéndose al ritmo de los sonidos de pájaros y olas de mar que salían del viejo aparato de música de mi madre. Recuerdo que cuando era niña reproducía en esa misma minicadena, una y otra vez, «Ojalá que llueva café» de Juan Luis Guerra, y la bailaba como una desequilibrada en el salón. La única época de mi vida en la que no me importaba que me miraran porque no tenía nada que ocultar. Ahora, al parecer, tenía más cosas que esconder que las que podía enseñar. La gente que me quería me detestaba, con razón. Me había empeñado a fondo durante muchos años en que así fuera. Elena y yo nos acercamos en silencio y nos quedamos mirando la estampa. Lo último que me esperaba ese día era estar delante de un regimiento de señoras de mediana edad en mallas.

—¡Ya estáis aquí! —gritó mi madre—. Seguid con el Guerrero, chicas, que ahora vuelvo.

Se acercó a saludarnos con una sonrisa de oreja a oreja.

—Pero bueno… ¡Dadme un abrazo! Elena, cariño, cuánto tiempo. ¡Ay, el embarazo! Cuando te he llamado esta mañana ni me acordaba de que estabas embarazada. Tengo la cabeza loca. ¡Cómo estás ya! ¿Puedo?

Elena asintió y mi madre se agachó. Con una calma insoportable, se colocó delante de su barriga y apoyó su oreja en ella, como si mi amiga fuera una caracola y mi madre lo que realmente era: una señora desequilibrada escuchando cosas en el vientre de una mujer a la que hacía años que no veía.

—Está todo perfecto —concluyó, con la misma seguridad que tendría una prestigiosa ginecóloga.

—Sí, pues tengo unas almorranas como para hacerme un Louis Vuitton —dijo Elena entre risas.

—Luego te pongo un poco de caléndula en el ano.

—¡No le vas a poner nada en el ano! —intervine a mi pesar.

—A mí no me importa —contestó Elena con timidez.

—Hija, eres una reprimida. ¿Qué tiene de malo el cuerpo? ¿Acaso tú no tienes ano? A lo mejor eso explica lo amargada que estás.

Elena y mi madre se rieron. Intenté obviar su comentario.

—Mamá, cuando Elena me ha dicho que viniéramos, pensaba que estaríamos solas…

—Pero si te dije que este mes tenía el curso espiritual…
¡Es que no escuchas! Pero, tranquila, que no pueden hablar,
no nos van a molestar. Es un curso de desarrollo personal a
través del silencio.

—¿Y dónde las metes a todas? ¿En casa?

—Ah, no, estas duermen en el jardín. Es importante que
conecten con la naturaleza, y además en casa no tengo sitio.

Me señaló unas tiendas de campaña roídas que había dispuesto al fondo de la finca.

—¡Me canso, Mamen! —gritó una de las señoras que seguían en sentadilla.

—¡CHARO! ¿No te he dicho que no se puede hablar? ¡Te
estás cargando tu equilibrio! —gritó mi madre.

Charo se recolocó en su esterilla a regañadientes. Algunas
se acercaron a ella y comenzaron a hablar en bajito, formando un corrillo. Mi madre las miró desde la distancia con un
profundo desagrado.

—Mamen, yo tengo hambre —dijo una que llevaba unas
mallas amarillo flúor que le marcaban todo el chichi.

—Y yo, con el té que nos has dado, me estoy cagando por
la pata abajo —dijo otra señora de pelo caoba y gafas redon-
das unidas a un cordón.

—¡Por favor, callaos ya! —gritó mi madre.

Después de la clase nos sentamos a comer en unas mesas
de plástico viejas que había en el porche. Mi progenitora
canturreaba mientras servía una especie de sopa fría de qui-
noa con tofu y verduras. Vi que los ingredientes flotaban
sin rumbo en el líquido amarillento, daba la sensación de
que se habían ahogado voluntariamente. Estaba soso y las
mujeres empezaron a quejarse.

—Mamen, mi vida, esto no hay quien se lo coma —dijo la de las mallas flúor.

—Nada, que no hay manera. ¡Tenéis que guardar silencio! —murmuró mi madre—. Y esto te viene genial para las flatulencias, Raquel. Así que haz el favor de comértelo. Bueno, hija, ¿qué tal estás? Me ha dicho Elena que tenías mucho disgusto por no sé qué del trabajo.

—Me han despedido, creo —contesté, y me alegré de que mi madre no tuviera televisor.

—Pues mejor, así tienes tiempo para encontrar tu centro, que falta te hace.

—Lo que no tengo es dinero para ese centro del que hablas —dije.

—Pues yo, desde que me jubilé y dejé de trabajar no puedo ser más feliz. También tuvo que ver que me separara de mi marido —dijo Charo metiéndose en la conversación mientras se sacaba un paquete de Nobel del bolsillo.

—Charo, tienes que dejar de fumar —dijo mi madre con tono de preocupación.

Charo, desoyendo su consejo, se sacó un mechero de entre las tetas al mismo tiempo que le ofrecía un cigarrillo a Elena.

—No me toques las palmas, Mamen, que tú te tomas unas copas de vino más grandes que mi coño —contestó Charo, encendiéndose el cigarro.

Las señoras estallaron en una sonora carcajada. Me sentí bien por primera vez en toda esa semana.

—¿Por qué te separaste de tu marido? —preguntó Elena con curiosidad.

—Hija mía, ¿por qué va a ser? Porque era un pedazo de gilipollas —contestó Charo, y le dio una profunda calada al cigarrillo—. Me cansé de mirar para otro lado, me cansé de tener miedo a quedarme sola, a una casa vacía. Ahora me encuentro divinamente. Es que tenía que haberlo hecho antes. Porque tenía miedo hasta de mi propia voz, y eso era porque nunca la había escuchado de verdad. Esto te lo he contado a ti, Mamen, que menos mal que me ayudaste... porque yo estaba... —Dio otra calada y continuó—: Y no te creas que solo mandé a tomar por saco a mi marido, mis hijos fueron detrás. «Qué mala madre eres», me dicen. Que digan lo que les dé la gana. En la vida hay que poner límites incluso a tus propios hijos. La gente, si no se encuentra ninguna puerta cerrada, acaba pensando que la casa es suya.

—Eso tengo que hacer yo, dejarlos a todos. Que me tienen harta. Para tener a un señor perenne en el sofá que me dice lo gorda que me estoy poniendo, prefiero vivir yo sola, que desde que me regaló mi hija el *Satisfying* ese ya no tengo que hacer como que me gusta follar con mi marido —exclamó la del pelo caoba.

Las mujeres volvieron a reírse con fuerza mientras asentían y se daban la razón entre ellas.

—¿Y si me cae mal? —preguntó Elena señalándose la barriga.

—Te va a caer mal —apuntó mi madre entre risas—. Yo a esta no la soporto.

—Joder, mamá. Gracias.

Cogí a mi madre y la rodeé con el brazo. Me pegó un achuchón mientras sonreía.

—Hija, eso no significa que no te quiera.

—Es muy difícil —retomó Charo—, pero harás lo que buenamente puedas. Y perdónate, no seas como yo. Tu vida sigue siendo tuya. Lo que pasa es que a veces, cuando eres madre, no lo parece.

—¡Bueno, basta de cháchara, que se supone que no tenéis que hablar y hay que ver lo que piais! —exclamó mi madre tratando de quitarle hierro al asunto.

Elena no dijo nada, se quedó callada mientras se terminaba el cigarro. El silencio, aunque fue breve, nos atrapó a todas. Todas las señoras se pusieron a comer, esforzándose por cumplir el cometido del curso. Pasaron lo que me parecieron horas hasta que mi madre rompió la calma.

—¡Hora de despelotarse! —gritó, y dejó su bol de sopa en la mesa de tal forma que nos salpicó a todas las que estábamos cerca.

—¿Qué dices, mamá? —pregunté secándome el caldo de la cara.

—Ahora hacemos un ritual de sobremesa. Nos despelotamos y cantamos en el río, para sacar todas las frustraciones y las tensiones de la semana.

Las señoras empezaron a desnudarse sin rechistar.

—A mí me parece bien —dijo Elena mientras empezaba a quitarse la camisa.

Dudé unos instantes y la imité, con el único objetivo de parecer una buena persona, desinhibida y libre.

—¿De verdad te apetece hacer esto?

—Sí, tía —contestó, segura de sí misma.

Y ahí estábamos completamente desnudas, acompañadas de todas las señoras. Una se había dejado los calcetines puestos porque, según dijo, pillaba papilomas con mucha facilidad. Mis pies rozaban el agua de la orilla del río. Siempre me ha dado vergüenza ver desnuda a la gente y desnudarme yo, supongo que es otra de las consecuencias de haber ido a un colegio ultrarreligioso, pero ese día me pareció sencillo. Miré a las mujeres que me rodeaban, me fijé en las arrugas y las estrías que colonizaban sus cuerpos, la celulitis, sus pelos, sus lorzas, su flacidez; todos esos elementos que nos han programado para odiar, que nos han contado, casi como un mantra, que no poseen siquiera la legitimidad de existir, estaban ahí, palpables, reconocibles, vivos. Desde que tengo uso de razón he tenido problemas con mi cuerpo y a la mayoría de las mujeres que conozco les pasa lo mismo. Es difícil comprender que es solo una estrategia perversa para que estemos más pendientes de si somos de tobillo ancho que de conquistar espacios. Todas esas mujeres se elevaban por encima de los árboles del bosque que había alrededor de la casa. Miré a mi madre; nunca me había parado a observarla realmente, tenía miedo de hacerlo por si no me gustaba lo que veía y miedo a que ella me mirara por la misma razón.

Mi madre se situó en el centro, junto a mí, y las señoras desnudas se colocaron a ambos lados formando una «u». Cogí su mano, la otra se la di a Elena, que lloraba a moco tendido. Ella se adelantó con el cántico, sus gritos se transformaban en eco que se mezclaba con los sonidos del bosque. Las mujeres se mantuvieron en silencio por primera vez en todo el día. Elena me apretó la mano.

—No quiero ser madre. Me lo he pensado mejor —me dijo.

—No pasa nada, no lo seas.

Elena se rio. Sabía que no había marcha atrás, pero creo que necesitaba oír esa absurda mentira. Sentí que, en todos los años que la conocía, era la primera vez que me ponía en su lugar. En todo ese tiempo no me había parado a pensar en cómo se sentía ella, estaba demasiado preocupada por cómo me sentía yo todo el rato. Tenían razón todos, era una persona bastante egoísta. Nos metimos dentro del río. Estaba helado, pero yo no tenía frío.

Treinta y siete semanas

Llevaba toda la mañana dedicándome a lo que más me gusta: a no ser productiva y a comer fuet mientras veía *The Real Housewives* con Elena.

—¡No me lo puedo creer! —gritó mientras miraba su móvil.

—¿Qué te pasa? —pregunté con la boca llena de embutido.

Elena se levantó de la mesa y empezó a saltar por mi salón diminuto. Paré la serie justo cuando Kylie estaba rajando de Lisa porque se sentía traicionada por ella y el rata de su marido Ken.

—¡Me ha invitado! ¡Le caí bien! Lo sabía. Te lo dije.

—Perdona, ¿quién te ha invitado a qué?

—Fabiola me ha invitado al lanzamiento de Étnica, su marca de joyas. ¡Es en su casa! ¡Esta noche! Me ha escrito un DM en Instagram —gritó con voz chillona.

—¿«Étnica» se llama? Un nombre superacertado para

una marca de una señora blanca de clase alta que venderá sus joyas a otras señoras blancas de clase alta.

Me incorporé para darle al play, prefería seguir culturizándome con contenido de calidad que seguir hablando de Fabiola. Elena se me echó encima y me quitó el mando a distancia.

—¡Tienes que venir conmigo!

—No pienso ir. Además, ellas no quieren que vaya. He escrito a Maca treinta veces, ¿y a ti te ha contestado? Pues a mí tampoco.

—Esta fiesta es una buena ocasión para que os reconciliéis, ¿cuánto tiempo hace que nos conocemos? Somos amigas de toda la vida.

Me entraron ganas de decirle que parte de mi amistad con Maca había consistido en ponerla a parir a ella, pero deseché la idea porque estaba muy ilusionada con su invitación al evento del año.

—A mí no me ha invitado.

—Bueno, pero sabe que vivo contigo y seguro que no pasa nada si me acompañas.

—Lo de que vives conmigo está empezando a ser oficial y deberíamos tener una conversación sobre esto.

—Voy a ver qué me pongo —dijo saltando del sofá.

—Lo que te valga.

Elena se fue corriendo a mi habitación a revolver entre sus cajas de ropa en busca de algo que le sirviera. Fui tras ella.

—¿Has pensado ya qué vas a hacer cuando salgas de cuentas?

—Aún faltan dos semanas.

—¿Piensas criar a tu hija en esta casa? No lo digo porque quiera echarte, es porque realmente no sé qué vamos a hacer con ella. ¿La metemos en el horno?

Me vino a la mente la imagen de Assia Wevill, amante de Ted Hughes por la que dejó a Sylvia Plath, preparándose un whisky y cogiendo a su hija en brazos para llevarla hasta la cocina, donde había dispuesto un colchón. Una vez allí, apagó la luz, se tumbó junto a la niña y abrió la llave del gas de un horno marca Mayflower.

—Ya lo pensaré. Aún tengo tiempo.

Elena pasó a mi lado y se puso a rebuscar en una caja. Parecía un roedor enfurecido. Sacó una falda negra de Miu Miu de la talla 34 que miró con ojos de tristeza.

—¡Elena, no tienes tiempo! —dije quitándole la falda de un tirón—. Estás siendo negacionista de tu embarazo, ¿verdad? ¿Estás haciendo como que no existe?

—No es eso.

—¿Y Javier? ¿Dónde está? ¿Se ha muerto ya? ¿No quiere saber nada de esta barriga gigante que está invadiendo mi salón?

—Está muy preocupado —dijo recuperando su falda—. Te juro que después de este evento lo solucionaré todo, pero ven conmigo y finjamos que no pasa nada una última vez, amor. Te lo pido por favor.

Elena se puso de rodillas y juntó las palmas de las manos. Me recordó a cuando fingíamos rezar en el colegio pero lo que hacíamos era recitar por lo bajo alguna letra de El Canto del Loco.

—Vas a tomar una decisión cuando la cría esté repitiendo la ESO. Ya te adelanto que sufrirá fracaso escolar, no hay más que ver el ambiente familiar al que está siendo sometida antes de nacer.

Elena se quedó mirándome desde el suelo y, acto seguido, se levantó en busca de una prenda que pudiera usar en el evento. Sacó un vestido midi vaporoso de color rojo y se lo superpuso para analizarse en el espejo.

—Estoy feísima, soy infollable. Ni siquiera puedo ponerme bótox estando embarazada. ¡Mírame, si es que se me está cayendo la cara! —exclamó.

—El follar está sobrevalorado.

—¡Dios mío, cómo se me va a quedar el coño! Parecerá un bote de Hellmann's Gran Mayonesa.

Elena se sentó en la cama con dificultad. Estaba pálida.

—¿Tú alguna vez piensas antes de hablar? De verdad, ¿no hay nada ahí arriba que cuando hables te diga «¡Para!»? ¿Nada? —pregunté.

Con un gesto dramático, Elena se dio la vuelta y se miró al espejo.

—¿Sigo siendo guapa?

—Por favor —murmuré llevándome las manos a la cabeza.

—Contéstame, por favor.

—Sí, eres muy guapa. Eres estúpida, abyecta e infame, pero guapa. ¿Contenta?

—Gracias. Significa mucho —dijo mientras rompía a llorar.

¿En serio? Realmente no me merecía esto.

—¿Y ahora qué te pasa? —pregunté con hastío.

—Ya nunca tendré un coño chiquitito... Nunca más tendré un coño prieto, solo me quedará el ojete en el menú —lloriqueó.

—Mejor que no lo tengas, así no corres el riesgo de acostarte con un potencial pederasta.

—No digas eso, por favor. Qué desagradable eres.

La palabra «pederasta» siempre da miedo y es lógico, son seres despreciables y no deberían existir, pero supongo que, aun siendo criminales, tendrán algo de criterio. ¿Y qué quiero decir con esto? Que si los padres fueran objetivos con sus hijos, muchos podrían estar perfectamente tranquilos con este tema porque la realidad es que sus hijos quizá no estén tan buenos. Sé que ven siempre guapos a sus retoños, pero hay que empezar a ser más analíticos, estamos hablando de la seguridad de los más pequeños. No, señores, su hijo no es el principal objetivo de un pederasta. Pueden relajarse.

—Y por cierto —continué—, lo del ojete en las relaciones heterosexuales está pasado de moda desde hace veinte años. Además, todavía tienes un marido que porta una glamurosa polla flácida a la que le dará igual introducirse por el agujero de una aguja de coser o por una vagina del tamaño de una depuradora de piscina.

En el fondo, a pesar de ser superficial, comprendía lo que le preocupaba. La presión a la que estamos sometidas las mujeres en este aspecto es extenuante. Los anuncios sobre vaginoplastias se multiplican como esporas. Es absolutamente demencial que existan profesionales capaces de reconstruirte la vulva para que luzca como si fuese la de una niña de once años, pero todavía no haya habido una presidenta mujer en este país.

De verdad, no soy capaz de entender, en este punto de la evolución humana, qué importancia REAL tiene el aspecto de nuestros coños, cuando estos aún suponen un enigma para muchísimos hombres. Aquí conviene señalar que la mayoría de las relaciones sexuales que tenemos las mujeres a lo largo de nuestra vida son insatisfactorias. Ojo, hablo de relaciones heterosexuales, lo aclaro porque no quiero que un montón de lesbianas piensen que están incluidas en este mensaje. Vosotras tenéis el mejor sexo del mundo. El problema es que, además de un coño, tenéis que comeros unas chapas emocionales espectaculares, así que solo faltaba que encima vuestras relaciones íntimas fueran un fiasco. No sé si esto que estoy diciendo es un poco homófobo, pero no es intencionado y estoy agotada. Tampoco me imagino a Fabiola, con sus camisas de cuello bobo, haciendo un cunnilingus épico. Centrando el tema, algunos de los hombres con los que me he acostado han dado por buenas cosas inenarrables. Yo puedo fingir con destreza que me gusta lo que me están haciendo, pero no cuando lo que intentan estimular es mi ingle. No me parece justo tener que soportar esta tortura solo porque un tío, que trabaja como comercial en un concesionario de Leganés, haya pagado la cena en el Ginos sin insistir en dividir la cuenta. Por otro lado, ¿qué es esto de que los hombres quieran la igualdad solo para lo que les interesa? «¿No queréis igualdad? Pues la cuenta se paga a medias», he escuchado salir por un gran número de bocas de hombres heterosexuales que son, sorprendentemente, más agarrados que machistas. Callaos de una maldita vez, guardaos vuestras opiniones en el interior de vuestra vesícula seminal y dejadme acabar este coulant de chocolate y helado de vainilla que, por supuesto, vais a pagar vosotros.

—¡Esto sí!

Elena sacó un mono negro de seda y se miró al espejo. Asintió con la cabeza como dándose la aprobación que necesitaba.

—Y tú ponte esto.

Me lanzó una camisa verde esmeralda de Loewe. Tocarla era como acariciar un gato hecho solo de nubes.

—¡No he dicho que vaya a ir! —protesté.

Llegamos a la fiesta de presentación a eso de las siete de la tarde. Fabiola vivía en un majestuoso edificio rehabilitado de Recoletos de principios del siglo XX, de esos en los que solo viven personas con títulos nobiliarios o los descendientes de personas con títulos nobiliarios, que además suelen ser adictos a la cocaína. El ascensor nos subió hasta el último piso. Fabiola vivía en el ático. Al llegar, la puerta estaba abierta. En el recibidor se había dispuesto un photocall con fondo en verde pastel en el que podía leerse en repetidas ocasiones el nombre de la marca. Había piezas de joyería en unas vitrinas para que los invitados se hiciesen una foto con ellas. Algunos famosillos de medio pelo se agolpaban como escarabajos peloteros para tomarse la instantánea de turno y subirla a sus redes sociales con el único objetivo de hacerle la pelota a esta hija de la grandísima puta y de paso hacerle publicidad de su marca sin que ella se gastase un duro. No puedo imaginar el ego supurando por sus poros al ser consciente de que era la abeja reina de este amasijo informe de seres humanos. Una papilla de personas en movimiento. Todos me parecían idénticos. Supongo que yo a ellos también, pero la superioridad moral tiende a cegarte. Nos adentramos en la casa, no sin antes tener que hacerle una fotografía a Elena que se puso uno de los collares de la línea inspirada en no sé qué etnia inventada y posó con las dos manos en su barriga descomunal. Solo le interesaba la panza cuando podía lucirla como si fuera un bolso.

Más que una vivienda, aquello parecía las oficinas de una agencia publicitaria creada por un matrimonio de modernos que van de progresistas pero que, en realidad, explotan a todos y cada uno de sus trabajadores en un ambiente exquisito. Que es la mejor manera de explotar a tus trabajadores, por otra parte. Parecía que nadie hubiera dormido la siesta en ese sofá, o que alguien pasara la resaca en esa cama o hubiese llorado en ese baño. Parecía que nadie, con vida, hubiera pasado por allí. Techos altos, paredes blancas y lisas, mesas de madera, cuadros de artistas reconocidos salpicando las paredes y lámparas de araña. La casa de Fabiola era justo lo que me esperaba. Era como si hubieran entrado a robar pero sin llevarse las cosas importantes. La casa era como ella: fría.

Los camareros y camareras se paseaban con bandejas llenas de copas de champán y canapés diminutos. Al menos en esta fiesta había alcohol, un punto a su favor. Una vez más constataba la única verdad absoluta que hay en este mundo, porque puedo llegar a pensar que la Tierra es plana si me das un par de argumentos, pero no que los pijos comen sólido. De todas formas me sorprendió la falta de comida, puesto que el padre de Fabiola tenía una empresa de embutidos y podría haber traído algunos paquetes del jamón que hacen a partir de cerdos con malformaciones y tumores. Cogí dos copas de champán y me las bebí de golpe, necesitaba algo para soportar la ansiedad de encontrarme con la pareja del año. Elena se quedó hablando con una señora que me pareció Amelia Bono, pero tampoco estaba segura porque sus caras se transforman cuando pasan la ITV facial y se ajustan los hilos tensores. La dejé entretenida hablando del método Montessori; no entiendo por qué este tipo de gente se preocupa tanto por la educación de sus hijos cuando tienen el futuro asegurado, podrían no estudiar y jamás acabarían vendiendo drogas o siendo Djs. Me encanta cuando los envían a colegios en los que estudian de una manera alternativa y luego llegan a la ESO sabiendo exclusivamente cosas como plantar lechugas, pintar con témperas y danza emocional. Me bebí otra copa de Moët antes de darme una vuelta por la casa, atestada de invitados y prensa.

Al dejar la copa vacía, cogí otra y empecé a deambular. No había rastro de Fabiola ni de Maca. Entré en el baño. Las paredes estaban alicatadas a media altura con azulejos azul eléctrico. La grifería era de bronce. Entendí que esta gente no comiera, nadie quiere dejar un truño de recuerdo en un váter tan magnífico. Abrí un armario, estaba lleno de productos de maquillaje, cremas y colonias de lujo. Tenía miles. Cogí una crema con pinta de ser escandalosamente cara y me puse un poco en el rostro. A continuación, agarré un perfume de Chanel y me lo eché por todo el cuerpo, incluidas las axilas y la vagina. Me bebí la cuarta copa de champán. Localicé el cajón de las medicinas, vaya, por lo visto Fabiola también conocía las benzodiazepinas, y me tomé un lorazepam antes de salir del baño. Me tendría que haber quedado ahí.

Fui en busca de los canapés, con suerte podría comer algo. Cuando intentaba localizar a un camarero y conseguir algo de alimento liofilizado, me di de bruces con Fabiola. Iba increíble con un mono rojo de corte griego y unas sandalias plateadas. Su melena estaba suelta, peinada con unas ligeras ondas que caían por su espalda con una delicadeza espléndida.

—¡Vaya! ¡No sabía que venías! Hace mucho que no te vemos —dijo con una sonrisa.

—Sí, Elena me ha pedido que la acompañase. Estaba muy emocionada cuando recibió tu invitación. Oye, enhorabuena por… todo. Tu casa es preciosa. Menuda biblioteca tienes, qué envidia.

Le señalé la biblioteca impoluta que cubría una de las paredes del salón.

—Puedes llevarte el que quieras. Es decoración.

—¿Son falsos?

—No, son auténticos, pero no los leo.

Fingí que no lo había escuchado y cambié de tema.

—Qué raro hacerlo en tu casa, ¿no? La presentación, digo. ¿No es mucho lío?

—Sí, pero quería algo superpersonal.

«Superpersonal con doscientas personas», pensé.

—He visto a una socialité escupiendo un canapé en tu ave del paraíso.

—¿Está bien?

—Creo que es un trastorno de la alimentación.

—Digo la planta —dijo con seguridad.

Me quedé cortada. Si era una broma me había gustado, pero sospeché que no lo era.

—No le he preguntado.

Me reí incómoda, con una carcajada desgarradora. Ella se quedó callada sin dejar de sonreír. Sus dientes blancos resaltaban en contraste con sus labios rojos. Me dio un poco de miedo, pero yo estaba ya lo bastante borracha como para que no me afectase demasiado, cosa que agradecí.

—¿Y Maca? Aún no la he visto.

—Está en la habitación. Ahora sale… Bueno, tengo que hacer unas entrevistas, luego nos vemos. Disfruta.

—Gracias —dije, poniendo punto final a la conversación más absurda e incómoda de mi vida.

Fabiola se acercó a un grupo de periodistas, uno de ellos blandía un micrófono con el logo de la revista *¡Hola!* Me perdí entre la gente y cogí otra copa de champán. Vi a Elena rodeada de unas cuantas chicas que le tocaban la barriga como si fuera una bola de cristal que les iba a predecir el futuro. Si les interesaba conocer lo que les esperaba se lo podía haber dicho yo: amenorrea primaria. Salí a la terraza descomunal a fumarme un cigarro. Me apoyé en la baranda de cristal y me lo encendí mientras miraba Madrid desde arriba. Era una sensación extraordinaria. No le había dado ni dos caladas cuando me tocaron el hombro.

—¿Qué haces tú aquí?

Me giré y ahí estaba, el tipo más despreciable con el que me había acostado nunca, Álvaro. Su presencia confirmó que no tenía que haber acudido a esa fiesta.

—Bueno, la pregunta debería ser al revés: ¿qué haces tú aquí?

Álvaro se encogió de hombros.

—Nos llevamos bien, vengo a apoyarla. Han pasado muchas cosas desde que no me coges el teléfono.

—Sabes que tu ex es lesbiana, ¿verdad?

Asintió con la cabeza, pero no atisbé un ápice de resignación o rencor. Di otra calada sin dejar de mirarle.

—¿Has robado esa camisa? —preguntó sonriendo.

—¿Cómo lo has sabido? Sí, he atracado a una señora antes de venir. Si ves a una mujer corriendo en sujetador por el barrio de Salamanca, ya sabes quién es la culpable. Está justificado, no me gustaba lo que llevaba puesto —contesté.

Álvaro se rio a carcajadas de algo que en realidad no tenía tanta gracia. Era asombrosamente guapo, tan guapo que me hacía olvidar su lado detestable. Toda la gente guapa es afortunada, pueden hacerte creer lo que quieras. Los feos no tienen ese poder, por eso sufren, porque mienten igual pero sus mentiras calan menos. Si eres feo y estás leyendo esto, no mientas, limítate a ser buena persona.

—¿Por qué no me has contestado ningún mensaje?

Se acercó a mí. Me puse nerviosa, el alcohol activó mi cuerpo y comencé a sudar.

—No he tenido tiempo. He estado escribiendo —mentí—. ¿Qué querías?

—Saber por qué te comiste mi comida.

—¿El qué?

No sabía de qué me hablaba.

—El sushi que había en mi nevera. Te lo comiste y te fuiste.

—Tenía hambre —dije, y luego le di un trago a mi champán, esperando que no se acordara del dinero que le robé.

¿Dónde estaba Maca? Tenía que buscarla.

—Crees que soy un gilipollas, pero no es cierto. Al menos, no tanto —dijo.

—No, no lo creo. Lo sé. Eres un gilipollas.

Me cogió la mano en un gesto que me pareció que duró un millón de años. No me quería ir, pero tenía que hacerlo. Solo me faltaba ponerme a ligar con el ex de la novia de mi mejor amiga en la fiesta de presentación de su marca de joyas hechas por niños y niñas bangladesíes. Me zafé de sus suaves y cuidadas manos y entré en la fiesta de nuevo, todo seguía igual pero con la gente más borracha y más aburrida. Me dirigí hacia Elena, que estaba hablando con una mujer, también embarazada, que le aseguraba que su entrenador personal le había recomendado no dejar el ejercicio intenso hasta el final de la gestación. Me alucina la gente que tiene entrenador personal, pero me parece más alucinante aún que lo comparta con el mundo, como si fuera algo de lo que sentirse orgulloso.

—¿Has visto a Maca?

—Tú estás borracha.

—Un poco. En serio, es como si me estuviera evitando.

—Yo tampoco la he visto. Estará por ahí.

La cantidad de invitados y las copas de champán que me había bebido no me ayudaban a localizarla. Me perdí entre la gente. Choqué contra un grupo de chicos y chicas jóvenes que conversaban sobre lo importante que era el trabajo que desempeñaban.

—El otro día tuve que quejarme a Glovo por uno de sus riders. Estoy segura de que me robó el poke que había pedido —comentaba una pelirroja con un collar de perlas.

—La mayoría son unos sinvergüenzas y todos de fuera, ¿eh? ¡Qué casualidad! Si es que se les ve venir. Es agotador, aunque más agotador es este evento. Hoy me habría quedado en casa —dijo un chaval, de unos veintiséis años, que llevaba un chaleco con el que parecía que venía de cazar perdices.

—Sí, yo estoy de curro hasta arriba.

—Ya te digo, y encima ponte hoy a hacer esto entretenido, no es fácil. Yo el otro día llegué de una presentación y casi me echo a llorar —dijo una rubia que llevaba puestas las gafas de sol como si fuera una estrella del rock.

Bajo mi punto de vista, si no te has metido una cantidad ingente de drogas, eres invidente o Elton John, no estás legitimado o legitimada para llevar gafas de sol en interiores porque quedas como una absoluta cretina.

—A veces no tienes tiempo ni de hacerte las uñas —señaló la pelirroja.

—A mí, cuando me siento así, le rezo a Dios y se me pasa —sentenció el del chaleco.

—Yo rezo a Dios para que desaparezcan los inmigrantes de la calle Velázquez —dijo la rubia.

Todos estallaron en una sonora carcajada. El chico del chaleco se percató de mi presencia.

—¿Nos conocemos? Me suenas de algo… ¿Tú también trabajas con redes sociales? Me parece que te he visto en la tele.

Asentí con la cabeza para sentirme integrada.

—Pero detrás, ¿no? —dijo la rubia mirándome de arriba abajo con desaprobación.

—¿Eres repre? Porque yo estoy harta de la mía, no me consigue campañas, y luego ves a otras trabajando con unas marcas espectaculares y a mí anunciando tés depurativos que me dan cagalera. Me cago viva, ¿entiendes? Y no lo comprendo, porque yo tengo un perfil que me hace diferenciarme del resto, ¿cuántas *influencers* pelirrojas has visto?

—Pocas. Sí, soy repre —dije por seguirle la corriente a la pelirroja cagona.

—¿Y a quién llevas?

—Es que acabo de llegar de L.A. y solo llevo a gente de allí —mentí con seguridad.

—Estuve el año pasado, allí sí que se hacen las cosas bien —dijo el del chaleco.

—Oye, pues mándame un DM y hablamos —sugirió la pelirroja.

—¿Cuántos seguidores tienes? —pregunté.

—203 K.

—Bueno, yo trabajo con gente que tiene más de un millón, pero le pregunto a alguien de mi agencia, aunque no solemos llevar a *microinfluencers*.

Salí escopeteada y volví a la terraza tratando de encontrar a Maca. No la vi, pero Álvaro seguía ahí. Me acerqué a él de nuevo. Sabía que no debía, pero lo hice.

—Anda, has vuelto. Me alegro porque me aburro mucho —me informó.

Suspiré y saqué otro cigarrillo de mi bolso. Lo encendí y le di una calada profunda.

—¿Cómo es que te aburres aquí, en tu hábitat? Entra ahí y relaciónate con algún alto cargo del PP.

—No quiero —dijo mientras negaba con la cabeza.

Álvaro se me acercó y, aun siendo consciente de la estirpe falangista que teníamos detrás, me besó. No me molestó, de hecho me gustó, al menos durante diez segundos. Olía bien, a perfume caro y no a colonia de cantante de segunda de las que venden en un pack con body milk en el Carrefour.

—Pero… ¿qué haces?

Me despegué de Álvaro al instante y me giré. Era Maca.

Estaba ahí plantada con una expresión difícil de identificar, puede que fuera de enfado o que le hiciera muchísima gracia todo lo que estaba sucediendo. Fabiola se encontraba justo detrás de ella y su cara, completamente desencajada, empezó a ponerse roja, mimetizándose con su vestido.

—Tú eres un maldito sinvergüenza. Pero si lo acabamos de dejar… ¿Cómo puedes hacerme esto? ¡EN MI PROPIA FIESTA! ¡EN MI EVENTO!

La gente empezó a agolparse para ser testigo del espectáculo. Fabiola estaba fuera de sí.

—Te recuerdo que me dejaste tú y ya estás con otra persona —replicó Álvaro.

—No me cambies de tema… Y además, con esta… —dijo con desdén.

No entendía por qué se refería a mí en un tono tan despectivo, al fin y al cabo ambas nos fijamos en Álvaro por las mismas razones: su dinero y su pelo.

—¿Por qué te importa tanto? —preguntó Maca con violencia.

—¡No es que me importe, es que no lo entiendo!

—¿Estás celosa?

—¡Está celosa! —gritó alguien entre el público.

Levanté la vista y pude comprobar que el grito provenía del chico del chaleco; por lo visto había considerado oportuno aportar su visión del asunto en ese momento.

—¿Qué está pasando? —Elena sacó la cabeza entre la multitud. Llevaba un montón de collares de la marca de Fabiola, pendientes y pulseras. Parecía un sonajero gigante.

—Se ha liado con Álvaro —dijo Maca, señalándome.

—¿Qué? ¡Serás guarra! —exclamó divertida.

Puse todo mi empeño en transmitirle con la mirada todo el odio posible.

—Ya sé de qué me sonabas, tú eres la tía que vomitó en la tele —gritó el chico del chaleco.

—¡Cállate, gilipollas! —exclamé.

—Tú lo que eres es una tóxica —dijo Fabiola—. Si ya te tenía calada.

La dulzura, la elegancia y la clase que caracterizaban a Fabiola se esfumaron, ya no quedaba nada de su sonrisa amable ni de sus gestos lentos y estudiados.

—Eres una alimaña, una babosa sin objetivos. Te lo dije, Maca. ¿O no te lo dije?

Maca no respondió.

—El mundo está lleno de esas, cariño. Hay alimañas por todas partes —dijo la *influencer* pelirroja—. Ya sabía yo que esta no era repre de nadie.

No me molestó nada de eso. En lo de «babosa sin objetivos» tenía toda la razón, y en lo de «alimaña» también. Estar vivo y consciente implicaba dedicar demasiados esfuerzos a no decepcionar a las personas que te quieren, y debo decir que la gente es tremendamente fácil de decepcionar. En ese momento solo quería irme a mi casa, tomar tres ansiolíticos y meterme en la cama a dormir. La vida me estaba resultando desesperante y tediosa, el mundo era difícil para una pequeña e indefensa babosa narcisista como yo. Incluso el hecho de pensar esto me parecía ridículo: «Esta pobre treintañera posfeminista está muy cansada de existir, no sabe qué hacer con su vida. El mundo no le gusta, jo, activad todas las alarmas, repito, jo, activad todas las alarmas, es urgente, hay una mujer blanca que se siente regular». Era absurdo. En realidad me gustaría ser ese molusco inútil, húmedo y viscoso tirado en el césped de cualquier parque a la espera de que la zapatilla sucia de verdín de un niño me aplastara, acabando así con todo. Insisto, el mundo no es sencillo para la gente egoísta. Pensadlo, para las personas que muestran lo buenas que son, la vida es fácil y suele venir acompañada de un montón de lenguas de conocidos y allegados introducidas en tu ano. En cambio, si decides no seguir las reglas sociales establecidas, y no estoy hablando de ser Pol Pot, la gente tiende a observarte como si fueras algo insólito y, a la vez, repulsivo. Es como cuando vas al zoo y miras a los primates a través del cristal, te parecen curiosos pero, si están masturbándose o lanzándose heces, te hacen sentir sumamente incómodo. A menos que tengas una desviación sexual, que ahí por supuesto no me meto. No sé a quién le puede gustar follarse a un animal, pero a decir verdad es una conducta documentada desde la prehistoria. Los hombres primitivos cuando salían de su cueva no solo cazaban a los mamuts, también se los ligaban.

—Vámonos. —Álvaro me agarró del brazo y tiró de mí.

—Ya sabéis dónde está la puerta —dijo Fabiola.

En mi particular camino de la vergüenza, despreciada por toda la clase alta madrileña, miré a Maca. Estaba ahí sin decir nada, con la mirada en cualquier sitio que no fuera yo. La gente tiende a cambiar cuando empieza una relación, lo hacemos todos. Somos expertos en hacerle creer a la otra persona que somos mejor de lo que somos, pero sin culpabilidad porque sabemos que el otro está fingiendo exactamente igual. Tendemos a mostrarnos más atractivos, más simpáticos, más divertidos, y, al mismo tiempo, fingimos que somos honestos, reales y únicos. Es una interpretación perversa, precisa, casi quirúrgica. Eso no significa que no podamos tener «cositas», a todo el mundo le encantan las «cositas»; estas cualidades superficiales sirven para que nos puedan encajar más fácilmente en una categoría preestablecida de ser humano y que así nuestras antiguas parejas puedan recordarnos, cuando se acabe la relación, como la chica esa a la que le encantaban los hurones. Por lo tanto, es genial que compartas tu obsesión por los cactus, el café o el ASMR, pero no le cuentes a tu pareja que malmetiste para que echaran a un compañero de trabajo. Es importantísimo que para tener una relación sana cambiemos un poco nuestra personalidad, porque de lo contrario es prácticamente imposible que funcione ese vínculo con la forma de ser tan despreciable que tenemos casi todos. Me di cuenta de que convertirse en una maldita gilipollas para amoldarse a Fabiola era el mayor gesto de compromiso que había hecho Maca por nadie.

Álvaro insistió en acompañarme, pero yo quería estar sola. De camino a casa, pensé que a mi edad mis padres ya tenían una hipoteca que los asfixiaba y una hija, y mi madre compaginaba dos trabajos como administrativa mientras mi padre se pasaba catorce horas en el taller. Nunca me faltó de nada. Estos pensamientos estaban en mi cabeza cuando abrí la puerta de casa y me tiré en el sofá, y allí seguían cuando me tomé dos diazepanes con dos copas de vino, y cuando le abrí la puerta al repartidor que me traía la comida aún no se habían ido. Estaban mientras veía una serie ridícula en una plataforma de pago y me zampaba una pizza entera. Esos pensamientos no me hacían sentir culpable; de hecho, me sentía culpable por no sentirme culpable.

Al fin y al cabo, con comida a domicilio y ansiolíticos, estaba tratando de sobrevivir. Yo también lo estaba intentando. Seguía respirando, estaba viva, eso era un paso importante, ¿no?

Treinta y ocho semanas

De niñas, Maca y yo jugábamos a crear obras de teatro: yo las escribía y ella las interpretaba delante de nuestras familias. Eran todas terribles. Una vez escribí una sobre una cría cuyos padres habían muerto en un espantoso accidente de coche. Al principio parecía una narrativa sobre el duelo, pero al final del segundo acto, en un *plot twist* magistral, resultaba que la huérfana era la que había provocado el accidente con el poder de su mente, un poder que había adquirido al introducirse sin querer, si eso es posible, una bombilla por la vagina, y eso la convertía en la responsable de la muerte de sus progenitores. Para mi yo de diez años todo esto tenía algún sentido pero para mis padres no, y me costó varias visitas a la psicóloga infantil.

Maca y yo quedábamos todos los días y nos pasábamos horas hablando en mi habitación sobre lo que éramos y, lo más importante, sobre lo que seríamos. Fui testigo de los primeros pelos que le salieron en los sobacos y ella de los míos.

Era como ver germinar esas lentejas que metías dentro de un algodón húmedo en un tarro de yogur. Cuando me contó con trece años que le gustaban las mujeres, recuerdo que lo único que le pregunté fue que quién le gustaba más de todas las de *Al salir de clase*. Ella me dijo que le molaba Carmen Morales, pero no sé si lo dijo en serio o porque sabía que era mi favorita. Esa fue nuestra confidencia especial, y en el colegio del Opus Dei yo protegía su secreto como si fuera un tesoro y lo sentía como algo que me unía más a ella, algo entre nosotras dos. Aunque la mayoría de las niñas de clase se lo solían llamar a todas horas. Pero no lo tenían confirmado, yo sí. Yo era la única que sí. LA ELEGIDA. Estaba cegada, siempre he vivido cegada, y de toda esa historia yo me sentía la protagonista, porque era yo la persona importante a la que había confiado ese misterio vital y por eso mismo nunca dejaríamos de ser amigas. En ese momento lo creía de verdad. Luego pasan los años y te das cuenta de que las cosas no son exactamente así, que no hay obras de teatro de accidentes traumáticos ni pelos de axila prepúberes que valgan tanto como para que dos personas nunca dejen de necesitarse, que los amigos siguen con su vida, hacen sus planes, se van de vacaciones a Cullera, se compran una casa a las afueras, un perro, dos gatos, tienen hijos, se casan, abren la relación provocando consecuencias catastróficas, se divorcian, se arruinan, y si no eres capaz de seguirlos en esa carrera los verás desde la distancia. Los verás muy pequeñitos, cada vez más, hasta que un día dejes de distinguirlos.

Me levanté. Al ver que Elena no estaba en casa, recé por que no se pusiera de parto en un Sephora. Bajé a la calle y, mientras me tomaba un café en una cafetería del barrio, recibí un mail. Tardó un rato en cargarse en la pantalla de mi móvil, y, cuando finalmente lo hizo, descubrí que era del Señor de la Papada, a quien consideraba ya mi exjefe. La de recursos humanos había intentado contactar conmigo en numerosas ocasiones pero no podía enfrentarme a aquello. Solo habían pasado unos días, pero a mí me parecía que todo eso pertenecía a una vida pasada. Ahora me sentía como una agente del MI6 a la que, tras haber desarticulado una peligrosa célula terrorista, le han dado un nuevo pasaporte, se ha teñido el pelo y le han procurado una nueva vida en la que cuenta con protección y una casa de techos altos en el centro de Praga.

«Te necesitamos. Vente esta tarde a las cuatro y lo hablamos».

Me tomé un par de ansiolíticos antes de acudir a mi cita con el Señor de la Papada. No podía afrontar esa conversación sin químicos. Fui colocada, pero fui. Durante el paseo a la oficina, me di cuenta de que estaba completamente ida. Me había pegado bastante, quizá porque no había comido más que uno de los yogures de proteínas de Elena. Esto no me solía pasar. Yo estaba acostumbrada a estar drogada. Yo era la Courtney Love de las benzodiazepinas. Al llegar a la puerta del edificio y, a pesar de que estaba mareada, supe que me había equivocado. Sin pensarlo mucho, entré y me dirigí a los ascensores. Mientras recorría los pasillos en los que me sentí tan miserable durante tanto tiempo pensaba en que lo más inteligente sería urdir un plan para bombardear la productora. Pasé por delante de la sala de guion donde se apelotonaban los minions y el Camisetas me giró la cara al verme pasar, haciendo como que no me había visto; el resto se juntó para comentar mi llegada y escuché sus risas desde la distancia. Deseé que a todos y cada uno de ellos, en su próxima visita al urólogo, les detectaran una buena verruga en el ano en forma de ramillete. Que sufrieran entre lágrimas cuando esa secreción supurante de color amarillo saliese a chorros por su uretra, como oro líquido. Una joya digna de Galería del Coleccionista.

Al llegar al despacho del Señor de la Papada me encontré la puerta cerrada y llamé dos veces.

—¡Abre!

Entré. Todo estaba igual, el mismo aire espeso, el mismo olor rancio a Infinite de Hugo Boss. Su papada, quizá, había adquirido algo más de vigor. Se la veía tersa y brillante, a lo mejor se estaba sometiendo a algún tratamiento estético en el que le habían prometido que tras cuatro sesiones tendría el cuello de Jon Kortajarena.

—Siéntate —me indicó.

Arrastré una de las dos sillas de cuero que estaban dispuestas delante de su escritorio.

—Tú me dirás.

—Ha sido difícil dar contigo estos días —afirmó apoyando los codos en la mesa.

Ese escritorio de diseño le hacía parecer aún más pequeño. No sé cómo no se había dado cuenta de que sentado en esa mesa gigante parecía un niño. Me pregunté si la chaqueta que llevaba la habría adquirido en Zara Kids.

—Lo sé. He estado ocupada tratando de superar lo que ocurrió.

—¿Y qué tal?

—Pues aún no he logrado construir la máquina del tiempo que me lleve a los segundos anteriores a mi magnífica actuación.

—Sabes que hiciste un ridículo espantoso, ¿verdad? —dijo con una sonrisa perversa.

Iba a contestar, pero el Señor de la Papada cogió aire para comunicarme algo que a él le debía parecer crucial. Su cuello se hinchó como el de un pájaro preparado para aparearse. Me recordó a unas aves que vi una vez en un documental de National Geographic, se llamaban fragatas, y los machos tenían una particularidad que utilizaban para enamorar a las hembras: poseían una gigantesca bolsa roja en forma de corazón que se inflaba en su garganta. Esta bolsa estaba conectada internamente al sistema respiratorio del ave, lo que le permitía inflarla cuando intentaba atraer a una hembra. El cuello del Señor de la Papada no tenía forma de corazón, era más una masa informe, pero me hizo gracia imaginármelo bailando, como parte de su ritual de cortejo, para atraer a su mujer de veinticinco años.

—Fue un éxito —soltó.

—¿Qué?

—¡No sé cómo lo has conseguido! Se ha hecho viral, hasta pusieron el vídeo en el telediario. Fue increíble. En las redes del programa el salto ha sido mayúsculo, la audiencia ha subido, ¡te adoran! ¡Tienes que volver! ¡La gente quiere ver a la chica que vomitó en directo!

Con tanta emoción, su papada se movía al ritmo de su discurso.

—¿Pero para hacer qué, exactamente?

—Lo que tú quieras. Solo te pido que mantengas una actitud muy clown… Podrías buscarte un personaje, un disfraz que lleves siempre. Algo moderno, ¿sabes?

—No.

—Una sección a la semana, dos como mucho.

Empecé a notar que me faltaba el aire y ese hueco lo sustituía una ira venenosa que se extendía por mi garganta.

—No pienso hacer nada de eso.

—Piénsatelo. Será dinerito. —Movió los dedos haciendo el gesto del efectivo.

Me encantaba el dinero, él lo sabía.

—Vamos a dejarlo aquí.

—Explícamelo, porque no lo entiendo. Se supone que esto es lo que quieres, ¿no?

Noté cómo la ira se trasladaba con rapidez desde mi garganta a mi pecho, el tiempo se ralentizaba y las palabras se amontonaban en mi boca esperando su turno para salir y decirle lo que le tenía que decir a este pedazo de gilipollas. Respiré y, con una tranquilidad pasmosa, esto es lo que acerté a decir:

—Lo que quiero es que te dé una apoplejía en este mismo instante y caigas fulminado sobre esta mesa horrorosa que te hace parecer un duende. Me encantaría presenciar cómo vienen los paramédicos y tratan de reanimarte sin éxito. Nadie te echará de menos. Ni siquiera tu hijo, ni siquiera la mujer que crees que está enamorada de ti. ¡Es patético solo que lo creas! Escucha esto: cada vez que se despierta por las mañanas y ve que estás vivo, se va al baño, abre la ducha y se pone a llorar. Pero si cayeras fulminado sobre esta mesa, recibiría la llamada más increíble de su vida. Por fin podría disfrutar libremente de tu dinero, follarse a un chico de Leganés al que le gusta Rauw Alejandro y que habrá conocido en clase de body pump, y hacer con él un crucero sin tener que tocar un día más tu piel anfíbica. En la oficina tampoco te llorarán; pero tranquilo, te sustituirá otro señor, uno más joven pero con la misma gracia. Buenos días.

—Buenas tardes. Son las cuatro y media —acertó a decir.

Me levanté temblando. El Señor de la Papada tenía la mirada perdida, me recordó a los pastorcillos de Fátima a los que se les apareció la Virgen. No volvió a decir nada. Salí de allí y no miré atrás.

Cuando entré de nuevo en el ascensor que me llevaría a la libertad, me puse a llorar. Por fin. Emoción desbloqueada. Las lágrimas corrían por mis mejillas como si fueran las orgullosas participantes de una carrera de obstáculos. Me sentí bendecida, una aureola se iluminaba por encima de mi cabeza, brillante, enorme, sagrada. Cerré los ojos un instante y, al abrirlos, allí estaba: la Virgen María. En ese ascensor, fue a mí a quien se apareció. ELLA. Yo era la elegida. Igual que cuando Maca me contó su secreto siendo niñas. Las profesoras que me dieron mi educación religiosa estarían orgullosísimas de mí. La miré fascinada, físicamente era una mezcla de Lady Gaga y Marta Sánchez, y llevaba un vestido de Vera Wang estampado con el *Juicio Final* de Miguel Ángel; creo que este mismo look lo llevó Ariana Grande en una Met Gala. Tenía un gusto exquisito. La Virgen, sin decir una palabra, me sonrió y me acarició la cara.

—¿Qué hago con mi vida? —pregunté.

Debo decir que me siento muy incómoda con el silencio. Si estoy con otra persona en un ascensor, necesito sacar un tema de conversación, el que sea, para rebajar la tensión que se genera en mi cerebro. Lo hago con todo el mundo, cómo no iba a hacerlo con la Virgen. Y además, ya que la tenía delante lo mínimo es que me diera alguna respuesta vital, si no para qué se me aparecía.

—Sal de tu mente, entra en tu vida. Las oportunidades no vienen solas, tú las creas —dijo con una voz profunda y grave.

No me lo podía creer, esta señora me había dado una respuesta de un libro de autoayuda. Mi Virgen era un poco cretina, pero al menos agradecí que fuera tan bien vestida. Le di las gracias y un fuerte abrazo sabiendo que no podría sacar mucho más de ella. Al salir de ahí, me entraron ganas de hacer como ese abogado que, tras sufrir un infarto, decidió vender todas sus pertenencias y marcharse a un monasterio del Himalaya, donde encontró su equilibrio personal. Pero yo no tenía pertenencias, más allá de mi botiquín; y qué iba a hacer yo en el Himalaya, seguro que a los tres días me tiraría monte abajo.

Cuando llegué a casa, Elena estaba dándose un baño. Había metido una bomba de Lush y parecía que estaba sumergida en la diarrea de un unicornio. No entendía que prefiriera mi bañera diminuta y oxidada antes que la suya, que era como la que te puedes encontrar en una suite del Four Seasons. Pero ahí estaba, escuchando «Stars Are Blind» de Paris Hilton.

—¿Qué tal, amor? —me preguntó con una sonrisa.

Me encogí de hombros. Parecía relajada; admiraba su capacidad para disociar y aparentar que no era consciente de la espiral de negación tremendamente tóxica en la que estaba inmersa.

—¿Qué te pasa? ¿Estás bien? —dijo al percatarse de que tenía los ojos enrojecidos.

—La verdad es que sí —contesté mientras volvía a echarme a llorar.

—¿Por qué lloras?

Dejé mi mochila en la taza del váter, me quité los zapatos y me metí vestida en la bañera. Elena se limitó a hacerme un hueco. Paris Hilton seguía cantando: «*Even though the gods are crazy / Even though the stars are blind / If you show me real love, baby / I'll show you mine*». En ese momento, se me vino la imagen de las crías de la foto *La niña fumadora* de Mary Ellen Mark, en la que aparecían dos niñas en una piscina infantil: una de pie, en actitud desafiante, fumando, con un biquini estampado y maquillada como una puerta, y la otra sentada dentro del agua, con una camiseta blanca, empapada, con cara de no enterarse de nada de lo que estaba pasando.

—He visto a la Virgen.

—Estás loca —acertó a decir Elena.

Treinta y nueve semanas

Teníamos dieciséis años cuando Elena nos citó con urgencia a Maca y a mí después de clase. Quedamos en un bar cutre al que solíamos ir a beber cervezas porque no nos pedían el carnet. Era un local mugriento donde había señores borrachos que se dejaban el dinero de la pensión de sus hijos en máquinas tragaperras, la opción más lógica y racional para hacerse rico y tener éxito: apostar el sustento de tu familia en un bar lleno de manchas de aceite de calamares fritos.

Nos sentamos en una de las mesas pegajosas del fondo, al lado del cuarto de baño. El olor era insoportable. Elena temblaba y tenía las uñas destrozadas de tanto mordérselas, algo inusual en ella, porque siempre llevaba una manicura perfectamente pulcra.

—¿Qué pasa? —preguntó Maca, preocupada.

Elena cogió una servilleta y empezó a romperla en cientos de trocitos. Estaba tan blanca como el papel que tenía entre las manos.

—¡Tía! —insistí yo.

—Tenéis que prometerme que no se lo vais a contar a nadie —dijo mirando a izquierda y derecha para comprobar que nadie la escuchaba.

—Ya sabes que no —contestó Maca.

Elena me miró a los ojos.

—Te lo juro —contesté con seguridad.

Cogió aire y lo expulsó con dificultad.

—Estoy embarazada.

—¿QUÉ? —gritó Maca.

—Baja la voz, gilipollas —dije dándole un manotazo en el brazo.

—¡Lo siento, joder! ¡Es que es muy fuerte!

Maca me miró con odio mientras se frotaba la zona del brazo donde la había golpeado.

—¿Desde cuándo lo sabes?

—Desde hace cuatro días. No sabéis la trola que tuve que contarle a la de la farmacia para conseguir el test.

Continuó jugando con los trocitos de papel, que estaban desperdigados por toda la mesa y se movían con cada ráfaga que levantaban los borrachos que entraban y salían del cuarto de baño.

—¿De cuánto estás?

—De poco, creo.

—¿Cómo que crees? —dije.

—Pues porque la cosa pasó hace como siete semanas, todavía sé sumar.

—¿Y eso cómo lo sabes? —preguntó Maca, inocente.

—Maca, tía, pues porque hay algo que tiene que pasar para que esté preñada.

—¿Ha sido con Alonso? —pregunté.

Elena asintió con la cabeza. Alonso era un chico con el que llevaba saliendo unos meses. Iba a un colegio, también del Opus, muy cerca del nuestro. La familia de Alonso era de la Obra. Eran nueve hermanos, todos varones, y yo me imaginaba que en la cocina tendrían una pizarra para organizar las tareas del hogar y otra con los turnos para masturbarse en el cuarto del baño: «A Javier le toca fregar los platos el miércoles y la paja el jueves por la tarde». Su padre era un prestigioso abogado que trabajaba en un bufete de Madrid y vivían en un piso gigantesco cerca del Retiro, al que fuimos una vez cuando celebró su cumpleaños para sus sesenta amigos más íntimos. A veces lo veíamos cuando recogía a Elena en su Vespa blanca, pero lo único que sabía de él es que tenía unas notas excelentes, vestía de Tommy Hilfiger y escuchaba a Modestia Aparte.

—¡Menudo puto imbécil! —exclamó Maca.

—Él no lo sabe todavía.

—Pero eso no le quita lo subnormal que es.

—¿Sabes qué vas a hacer? Algo hay que hacer —insistí.

Elena se tapó la cara con las manos y se dejó caer sobre la mesa sucia.

—Tienes que abortar. Hay clínicas que lo hacen. Escuché a las mayores hablando en el baño. No te puedes quedar con el marrón, ¿me oyes? Eso es una movida de por vida. Acabarás viviendo en un polígono con el niño corriendo desnudo por los alrededores, pisando orines de gato y cristales de litronas de yonquis. Tú serás una alcohólica con mechas que beberá whisky del malo en un bote reciclado de garbanzos —dijo Maca en voz baja para que

su discurso no lo escuchara algún señor borracho o el mismísimo Dios.

—Es muy posible que pase eso —asentí.

—¿Cómo le voy a decir esto a mi madre? ¡Como se enteren las del Opus me echan del colegio!

Tenía razón, ella no pertenecía a la estirpe a la que se le
perdonan estas cosas, Dios es tremendamente selectivo con
la gente que se merece misericordia. La madre de Elena no
era de la Obra, no vestía de marca, ni tenía dinero. Dios no la
iba a absolver.

—Aquí estamos para lo que necesites —dije cogiéndole
la mano.

—Eso —refrendó Maca.

Nuestro rencor hacia Elena se disipó un poco en ese bar
indecente. Nos olvidamos por un momento de que la odiábamos y, en consecuencia, de que nos odiábamos a nosotras
mismas. Lo que decíamos era sincero. Estábamos las tres
acojonadas.

Al día siguiente, Elena faltó al colegio. De hecho, se
ausentó durante dos semanas. Las profesoras dijeron que
estaba indispuesta. Intentamos ponernos en contacto con
ella, pero no nos respondía a los mensajes de texto, ni a las
perdidas, ni se conectaba en Messenger. Llamamos a su casa
en varias ocasiones, pero su madre nos dijo que no se podía
poner. Cuando regresó a clase, actuó como si no hubiera
pasado nada, como si nuestra conversación jamás hubiera exis-
tido. Con el tiempo nos enteramos de que los padres de
Alonso pagaron el aborto, que se llevó a cabo de forma clan-
destina en una clínica privada. Desconozco qué se alegó,
por aquel entonces no había total libertad para abortar. Las

mujeres tenían que cumplir unos requisitos elaborados por hombres simpatiquísimos. La libertad de las mujeres termina siempre cuando empieza el escroto de un hombre. Insistieron mucho en mantener la discreción con todo el asunto y prohibieron a Alonso volver a ver a Elena. Él borró su número, nosotras nunca sacamos el tema y ella no volvió a pronunciar su nombre.

Treinta y nueve semanas (II)

Era mediodía y estaba haciendo números de cuánto dinero me quedaba en la cuenta y con cuánto podría subsistir antes de tener que volver a la rueda del capitalismo voraz. El resultado que obtuve es que debería haber vuelto hacía dos días. Necesitaba que todo se detuviera, pero el mundo no para, el tiempo pasa, la vida sigue, y antes de que te des cuenta has cascado por un lunar que te salió en la cara y al que no le diste la importancia que merecía. Yo era una persona sin sueños ni motivaciones, y comprendí algo que me entristeció muchísimo: jamás sería una persona feliz a menos que dejara de trabajar para siempre. Había tratado de engañarme a mí misma diciéndome que la escritura y la comedia eran mi pasión, pero era completamente falso. Mi pasión era no hacer nada y dedicarme a la vida contemplativa, silenciosa y discreta. Una existencia dedicada a que no me recuerden por ningún hecho en concreto. En mi lápida escribirían: «Murió haciendo lo que más quería: nada en absoluto».

Mientras estos pensamientos intrusivos se hacían fuertes en mi cerebro, Elena estaba en el sofá ojeando la revista *Marie Claire*. No dije nada al respecto porque era consciente de que para ella esa lectura era lo más cercano a cualquier obra feminista de referencia para entender la segunda ola. Para Elena, el *Marie Claire* era un ensayo cultural equiparable a *Política sexual* de Kate Millett. La sexualidad tiene un aspecto político y, al parecer, adelgazar cinco kilos en tres días consumiendo exclusivamente arándanos y sopa de ave, también.

—Aquí dice que la lipotransferencia es una práctica cada vez más común —dijo sin quitar los ojos de la revista.

—¿Qué es eso? —pregunté, aunque me arrepentí al instante.

Elena leyó en voz alta:

—«La lipotransferencia, también conocida como transferencia de grasa o *lipofilling*, es un procedimiento quirúrgico que permite aumentar el volumen de una parte del cuerpo utilizando grasa del propio paciente conseguida por una liposucción».

—Es decir, ¿quitarte grasa de un sitio y ponerla en otro?

—Sí —confirmó con una sonrisa.

—Eso es lo más estúpido que he oído en mi vida. Entonces sales de ahí con la misma grasa.

—Sí, pero en un sitio distinto.

—Tienes razón. ¿Para qué sirve la ciencia si no es para quitarse grasa de un brazo y ponérsela en el culo? —pregunté irónica.

—¿Verdad?

Justo cuando debatíamos sobre si era una buena opción que se lo hiciera al dar a luz, aprovechando la anestesia, sonó el timbre de la puerta. Fui a abrir a regañadientes por tener que posponer un debate tan interesante. Ahí estaba Maca. Quieta como una estatua en un museo. Bueno, o en cualquier lado, porque las estatuas suelen tener la habilidad de no moverse.

—Hola. ¿Puedo pasar?

Estaba más delgada y tenía ojeras. Llevaba el mono vaquero que se compró en una tienda de segunda mano putrefacta de Lavapiés y con el que tantas veces le había dicho que parecía una granjera de Milwaukee adicta al crack.

—Es tu casa.

Me aparté para que entrara. Traía una maleta en la mano, la misma que hizo cuando salió pitando de esta casa. Cuando se piró dejándome sola con un alquiler y una amiga embarazada. La tiró a un lado y se sentó en el sofá, junto a Elena.

—¡Dichosos los ojos! —exclamó Elena dejando la revista e incorporándose.

—Madre mía, tú estás cada vez más grande.

Maca me miró y yo puse los ojos en blanco, un gesto que entendió perfectamente y dejó el tema.

—Lo he dejado con Fabiola.

—¿Qué? ¿Por qué? —preguntó Elena.

—No tiene claras las cosas.

—Vamos, que te ha dejado ella —afirmó acomodándose detrás de su tripa gigante.

—Elena, por favor —me quejé.

—Tenías razón en todo —dijo Maca mirándome.

Me senté junto a ella.

—No, en realidad no la tenía.

Maca se puso a llorar y se abalanzó sobre mí. La apatía,

ahí estaba otra vez, como en todos los aspectos de mi vida. Mi propio cuerpo me sometía a una quimioterapia constante para eliminar mis emociones. Me alegré de volver a ver a Maca, la quería, pero al mismo tiempo deseé abandonarla, junto con Elena, en una isla desierta llena de cámaras para poder verlas en libertad y observar cómo trataban de sobrevivir. Finalmente, una acabaría canibalizando a la otra. Cuando me detuviera la policía, alegaría que lo hice por llevar a cabo un proyecto científico que tenía como objetivo curar el alzhéimer.

—Siento haberme ido así. No solo fue por Fabiola, es que no te soportaba más. Tu negatividad, tu amargura, tu falta de ambición… ¡¡Me estabas arrastrando contigo a un lugar horrible!! —dijo entre lágrimas.

—Muchas gracias —contesté irónica.

—Tiene razón, estás amargada, pero eso no es nuevo —opinó Elena.

Maca se levantó del sofá y empezó a dar vueltas por el salón.

—No lo hice bien. Pero es que sentía que no podía más.

—Me dejaste tirada con la casa, con todo, con esta… —me quejé señalando a Elena.

—Es verdad que te dejó tirada. Eso es así —dijo Elena.

—¿Pero tú con quién vas? —le pregunté enfadada.

Se encogió de hombros y Maca y yo hicimos un esfuerzo por ignorarla.

—Yo también tengo que pedirte perdón —admití.

—Sois las dos unas pesadas. Esto ya no interesa, pasad página. Yo quiero saber qué te ha pasado con Fabiola.

Maca la miró y suspiró profundamente.

—¿Hay vino? —me preguntó.

—En la nevera.

Fue a la cocina y volvió con una botella de vino blanco, un verdejo malo que solía comprar por tres euros y medio, y dos copas. Las puso en la mesa y las llenó hasta arriba.

—Yo bebo un poco de la tuya —dijo Elena, y agarró una de las copas con rapidez.

Maca cogió la otra y se la bebió entera. La posó con delicadeza en la mesa.

—Todo fue a raíz de la presentación de su colección de joyas, desde que te vio con Álvaro —comentó.

—Es que eso… Eso se las trae. La madre que te parió —apuntó Elena señalándome.

—¿Te importaría no comentar todo?

Aproveché su desconcierto para liberar mi copa de sus tentáculos.

—Bueno, el problema tampoco vino solo por eso, pero ya me contarás qué ha pasado ahí, porque yo estoy flipando.

—No ha pasado nada, os lo aseguro —confirmé.

—En cualquier caso, a ella parecía importarle mucho lo que pensaran los demás. Tuvo la boda de una prima y se fue el fin de semana, pero no quiso llevarme. ¿Para subirlo en redes sociales sí me quiere pero para conocer a su familia y ser una pareja real no? Cuando volvió estaba muy rara, así que le saqué el tema y salió toda la mierda a borbotones. Me ha dicho que no tiene claro nada, que las cosas han sido demasiado intensas desde el principio, que no ha podido reflexionar, y que no sabe si es lesbiana o es que tiene una crisis existencial. ¡Cómo va a tener una crisis existencial alguien con tres empleadas domésticas! Si no lo tiene claro, yo no quiero ser su conejillo de Indias. Encima, visteis el anuncio, ¿verdad? Porque el anuncio… Dios mío, ¿cómo pude hacer eso?

—Estabas genial. A mí me gustó, te lo juro —dijo Elena.

Le pegué un trago al vino. Dejarlo con alguien siempre es desagradable, lo había vivido desde ambos lados. Cuando te enamoras bajas la guardia, te relajas. El cinismo se aparta y deja paso a la ESPERANZA. El odio es un medio de transporte estupendo, lo reivindico a diario, pero la esperanza es el único que te lleva a algún lugar. Puede que te deje en el lugar de arruinarte la vida, pero ahí no me meto. Cuando pasas por una ruptura, te ves obligado a darle la espalda a la esperanza, dejas de ocupar un hueco en la vida de alguien y ese alguien deja a su vez un hueco en la tuya. Si esa persona ha sido importante en tu vida nunca se larga del todo, planea sobre tu cabeza como un fantasma, oyes voces, gritos, golpes, huele a podrido, algo se queda contigo, y ahí tú decides si guardas ese algo y recuerdas a esa persona con cariño o lo rocías con gasolina y le prendes fuego. Maca ya lo había dejado con otras chicas antes, conocía las etapas por las que iba a pasar: lloraría, lo negaría, le escribiría, borraría su número, subiría una foto de las dos con un texto pasivo-agresivo a Instagram y se arrepentiría. A la semana, se haría algo raro en el pelo y lloraría de nuevo por lo mal que le quedaba. No penséis que lo del corte de pelo es algo superficial: nadie quiere ir con un felpudo en la cabeza durante cinco meses, la vida es corta.

—Mirad lo que me hice. Soy una gilipollas.

Maca se levantó la manga de la chaqueta y nos enseñó un tatuaje de un ojo en el antebrazo derecho.

—¿Qué es eso? —preguntó Elena.

—Me tatué su ojo. —Me miró—. Lo sé, no hace falta que lo digas, soy consciente.

No me podía creer que mi amiga fuera de las que se tatúan cosas de su pareja, eso te deja a un paso de las que hacen *trends* de TikTok, se fotografían en posiciones de yoga, visten con la misma ropa o se van de vacaciones a Dubái. Esto me lleva también a las parejas que se parecen tanto que pasarían por hermanos; sinceramente, si buscas a alguien con el mismo físico que tú a lo mejor deberías tratarlo en terapia; aunque también puedes abandonarte del todo y follarte a tu hermano o hermana de verdad y quitarte esa espinita.

—Podría ser el ojo de cualquiera. Nadie lo sabrá, no es como si te hubieras escrito su nombre —dijo Elena.

—Ya, pero ella sí que lo sabrá, y eso es ya bastante bochornoso —añadí.

—En cualquier caso, qué más da. Yo me habría tatuado el nombre de Fabiola, es estupenda, no como la novia esa que tuviste que parecía de la familia Sawyer. Me daba escalofríos, era como si siempre volviera de vomitar los ojos de alguien a quien había asesinado en el metro.

Me sorprendió la referencia a *La matanza de Texas*, Elena era una caja de sorpresas.

—Eso fue hace muchísimo tiempo. No sabes nada de mis relaciones desde que empezaste a salir con el señor viejo.

—Bueno, no eres la más indicada para decir eso, tú también me has dado la espalda por una persona. Las dos lo habéis hecho. Es lo que hace la gente al emparejarse, ¿no? Abandonar a sus amigas —sentencié.

—A abandonar a tus amigas cuando te emparejas se le llama «madurar» —apuntó Elena.

Tenía razón.

—Entonces ¿tú qué haces aquí? —preguntó Maca.

—¡No lo pagues conmigo, tú acabas de volver!

—¡Tú también! —gritó.

—¡No me grites! —chilló Elena.

Maca se quedó de repente muy seria. Bajó la cabeza y jugó con su copa.

—No pretendo volver, me voy a alquilar mi propio piso. Creo que ya era hora. Al fin y al cabo, tenemos ciento cincuenta años.

Lo dijo sin dejar de mirar al suelo, como un perrito que nunca saldrá de la perrera porque todo el mundo está comprando pomeranias de tres mil euros, que son mucho más monos e hipoalergénicos. También lo entiendo.

—Hombre, es que si vuelves alguien tendrá que salir —contesté mirando a Elena.

Esta cogió de nuevo la revista, haciendo como que no me había oído.

—La lipotransferencia no, pero el *full-prime* de abdomen una vez por semana me lo tengo que hacer.

Cuarenta semanas

El onanismo es una de las cosas que más me gustan. Creo que fue Woody Allen el que dijo que «masturbarse es tener sexo con la persona que más quieres». En su caso seguro que era verdad. Esa frase jamás de los jamases la diría una mujer. Por supuesto que nos hemos acostado con la persona que más queríamos, pero estoy convencida de que no éramos nosotras mismas. Ojalá poseyéramos una autoestima tan extraordinaria como la que tiene un hombre para vivir, existir y ser. Cascarse una paja, en la penumbra, escuchando «Strangers in the Night» de Frank Sinatra, reflexionando sobre la excelente estima en la que nos tenemos y lo formidables que somos, *Something in my heart told me I must have youuuuuu*... «Sí, ya me tengo, Frank, ya me tengo porque soy yo mismo», diríamos mientras nos sacudimos violentamente la sardina. Pajearte mientras sonríes al espejo del baño, con tus gafotas de culo de vaso puestas. Pajearte mientras ves una película que has dirigido tú, mientras miras un cuadro que has pintado o lees un libro escrito por ti, o un wasap, da igual, ¡eres genial! Pajearte mientras reflexionas sobre lo mucho que la gente te necesita. «*Lovers at first sight, in love forever. *DE MÍ MISMO* It turned out so right for strangers in the night*». Correrte sabiendo que el mundo te tiene a ti. Qué suerte tiene el universo. Dejarte ir sabiendo que simplemente existes y eso ya es más que suficiente, «*Doo-bee-doo-bee-doo, Doo-doo-dee-dah, Dah-dah-dah-dah-dah*, ya-ya-ya...».

En cualquier caso, masturbarse es una sensación de autonomía increíble. Es elegancia, estilo de vida y política. Durante unos segundos sientes que llevas las riendas de tu vida. Es el mejor sexo que tendrás en tu vida, si lo haces bien, claro. La gente tiende a masturbarse bastante mal, meros aficionados.

Me empecé a masturbar con siete años, y menos mal que los peluches son seres inanimados porque, de lo contrario, estoy bastante segura de que más de uno me habría denunciado por agresión sexual. Sobre todo un cerdito que me regalaron cuando cumplí ocho años, era tan achuchable y suave, y llevaba un corazón blandito cosido en el pecho en el que ponía TE QUIERO. Le demostré en numerosas ocasiones que yo también lo quería muchísimo.

Es cierto que la masturbación en las mujeres no tiene una estadística demasiado fiable, sobre todo si recibes una educación religiosa. De niña creía que, con solo verbalizarlo, conseguiría un hueco VIP en el infierno. Ahora, pensándolo bien y con la sabiduría que aportan los años, no sé por qué tenía tanto miedo a terminar en el lado malo de la vida eterna, ahí por lo menos podía seguir masturbándome. No creo que a Dios le pareciera bien que me restregara frenéticamente con un osito panda de peluche. Me imagino a un montón de gente en el cielo mirando hacia abajo a punto de saltar al inframundo para poder hacerse una paja.

—¿En qué piensas? —preguntó Álvaro mientras se ponía una camiseta.

—Nada, en masturbarme.

—¿Tan mal ha ido?

Me di la vuelta para no responder y me puse a buscar mi ropa entre sus sábanas de trescientos hilos de algodón egipcio. Álvaro se sentó en el borde de la cama y me miró con una sonrisa, estaba contento.

—¿Qué quieres hacer?

—Dormir —respondí con seguridad.

—Venga ya, vamos a hacer algo. Podemos ir a las barcas del Retiro o de brunch —insistió tirándome del brazo.

—Sabes que no iré de brunch y tampoco a las barcas. Aunque me pensaría lo de las barcas si puedo ahogarte en el estanque.

—Eres un rollo de persona —se quejó.

En este punto, me parecía una persona muy distinta de la que conocí, como jefe de Maca en su restaurante pretencioso. No me entendáis mal, seguía siendo consciente de que tenía su parte terrible bastante desarrollada. De hecho, ambos la teníamos, pero no nos ocultábamos y eso me gustaba. Me dio un poco de vértigo valorarlo siquiera. Dentro de mí sabía que no llegaríamos a nada, me aburriría, le aburriría, nos cansaríamos el uno del otro enseguida. Para mí, él era mi anestésico, como un gran y jugoso diazepam. Estar con él era como si me tomara toda la caja y cayera en un sueño profundo y relajado, donde no necesitaba relacionarme, ni hablar, ni ser simpática, donde estaba segura, porque debajo de un edredón nadie puede hacerte daño. Me divertía acostarme con alguien por quien sentía, en el fondo, tantísima antipatía. Éramos dos seres podridos haciéndonos compañía y resultaba deliciosamente efectivo. No me sentía en una entrevista de trabajo cada vez que quedaba con él. No tenía que venderme, ni hacer marketing de mí misma: «Sal conmigo. Me gusta el vino, viajar, los *realities*… y hago unas mamadas estupendas».

Esto último es completamente falso, mis mamadas son pésimas, odio hacer mamadas. Son terribles y esta es una gran verdad universal. Además, no es solo que tengas que fingir que te gustan, es que encima tienes que hacerlas bien. Culturalmente se ha logrado que nos lo tomemos como una especie de examen en el que tenemos que sacar una estupenda calificación. Un examen con el que no nos van a dar un título de nada. Te aplicas, pero ¿para qué exactamente? ¿Cuánto tiempo has perdido fingiendo que te parecía bien? ¿Quién prefiere hacer una mamada a darse un masaje relajante o comerse un pincho de tortilla? ¡NADIE! Las mamadas son una práctica que nos han vendido como si fueran algo atractivo y cautivador, algo apetecible. Las mamadas solo te gustan si has tenido una infancia complicada y vienes de una familia desestructurada. Además de todo esto, a lo largo de la historia los hombres han logrado que esta práctica sea una herramienta válida para infravalorar y desacreditar a las mujeres que prosperan en el trabajo. Si una mujer ha conseguido un ascenso a base de mamadas, me parece absolutamente lícito, solo faltaría que después de hacer algo así no te den un aumento, más responsabilidades y un despacho con vistas.

Nos fuimos a tomar unos vinos por su barrio. Después de pasar de largo por varias cafeterías llenas de señoras con el cardado recién hecho, llegamos a un bar que estaba hasta arriba de chavales celebrando el fin de los exámenes. Brindaban con una cerveza distinta cada cinco minutos, como si hubiese sido muy tedioso aprobar en su universidad privada. Nos sentamos en la terraza y empezamos a jugar a uno de mis juegos favoritos, que es adivinar qué tipo de vida tiene la gente que pasa.

—Este parece que colecciona bragas que roba en el vestuario del gimnasio —dijo de un chico muy musculoso que llevaba una mochila de deporte—. Las lleva ahí, en la mochila.

—Ahora va a su casa y las huele mientras practica asfixia autoerótica.

—Pero se esconde en el armario en el que guarda los juguetes que tenía de pequeño, porque sigue viviendo con sus padres...

—¡Eso es! Y pronto descubrirán que tiene toneladas de bragas sucias debajo de la cama —apunté.

—Se enfadarán y no le pagarán más el gimnasio, así que se deprimirá muchísimo y dejará su hobby de la asfixia autoerótica. Lo cambiará por las maquetas.

—No está mal —dije con una sonrisa—. Esto se te da bastante bien.

Álvaro se encogió de hombros y dio un sorbo a su copa de vino tinto.

—Tengo que decirte una cosa... Voy a abrir otro restaurante en Barcelona.

Los chicos empezaron a gritar como locos. Al dirigir la vista hacia su mesa vi cómo jaleaban a uno para que se acabara la jarra en segundos.

—¿Otro restaurante? ¿Más mano de obra a la que explotar?

—Yo pago muy bien a mi personal.

—Maca no decía lo mismo —dejé caer.

—Lo que tú digas… Estaré yendo y viniendo, pero el primer año tengo que estar allí casi todo el tiempo para controlarlo todo. Espero que vengas a verme.

Me recogí el pelo en una coleta mientras él me analizaba.

—Y yo espero que pagues más que el salario mínimo a tus empleados.

—Bueno, ¿qué quieres que te diga? Soy un empresario malvado, es lo que hay —sentenció mientras se estiraba en la silla.

—Efectivamente, es lo que eres. Una cosa importante: en Barcelona hay mucha humedad, se te va a rizar el pelo.

Se lo echó hacia atrás, como hacía siempre.

—¿Vendrás? Me gustaría que vinieras. Me gustaría mucho.

No apostaría mi brazo a que esa persona, que solía subir fotografías con el torso descubierto a sus redes sociales, sintiera lo que estaba diciendo, pero lo parecía. Me vino a la cabeza la película *Notting Hill*, cuando Julia Roberts le dice a Hugh Grant la frase que se ha repetido en bucle en las cabezas de las adolescentes de los noventa: «Solo soy una chica delante de un chico… pidiéndole que la quiera». Él era Julia Roberts, por lo tanto a mí me tocaba el papel del señor inglés alcohólico y putero. No me pareció mal asumir ese papel, porque en el fondo sabía que le estaba utilizando para no enfrentarme a todo lo demás. Eso seguro que es propio de Hugh Grant, ser un egoísta de mierda.

—Tengo a una mujer embarazada en mi casa y es urgente que busque un trabajo. Así que no puedo darte una buena respuesta —me excusé.

—Pues dame una mala.

—Te puedo decir que lo intentaré —mentí.

—En efecto, es una respuesta de mierda —respondió con sequedad.

Nos quedamos callados durante un rato, rodeados de los gritos de los estudiantes. Agradecí que siguieran allí. Lo más probable era que aquella fuese la última vez que nos viéramos. Y así fue.

Cuarenta y una semanas

Maca, Elena y yo estábamos en el coche de Adolfo, el chófer de Javier Gerardo. Íbamos en la parte de atrás en completo silencio. En la radio se oía Cadena Dial y sonaba una canción de Pablo López. Nada podía ir peor. El día anterior Elena había ido a la revisión con la ginecóloga. Le dijo que todo estaba perfecto, que se notaba que se había cuidado durante el embarazo, completamente ajena a que estas últimas semanas había llevado la misma dieta saludable que Joaquín Sabina en sus mejores años. Inexplicablemente, la niña había resistido y se había hecho aún más grande y fuerte, del coño de mi amiga iba a salir un Avenger con el poder de fumarse treinta cigarros a la vez. La ginecóloga le comentó que el parto podía producirse en cualquier momento pero que tenían margen hasta la semana cuarenta y dos. A partir de esa semana, harían un plan para inducirlo. Y luego... LA VIDA.

Estábamos las tres en ese coche porque Javier fue muy claro con la situación y había insistido en ir a buscar a Elena, con el objetivo de zanjar este problema como «adultos funcionales», según sus propias palabras. Ella le respondió que mejor que fuese a recogerla Adolfo, que se agobiaría menos si hacía las cosas poco a poco. Después nos pidió que la acompañáramos, que no podía gestionar todo lo que iba a suceder sin nosotras. En un primer momento, presentarnos en casa de Javier nos parecía del todo inadecuado, pero Elena insistió y la dejamos hacer. Éramos débiles y estábamos cansadas. Me tomé un diazepam antes de salir.

Maca no paraba de mirar el teléfono, Fabiola le había mandado miles de mensajes disculpándose, y estaba muy pendiente de leer el siguiente que dejaría sin respuesta.

El coche se detuvo justo delante de la casa de Elena. Todo estaba como la última vez que estuve allí, cuando fui a ese Gender Reveal en el que deberían haber acabado todos en prisión, yo incluida. Adolfo nos abrió la puerta para que saliéramos. Hacía sol. Elena se bajó del coche con torpeza y se quedó quieta, sin hablar, mirando la casa. El césped del jardín era de un verde brillante y los árboles frutales enmarcaban la casa dándole un aspecto de villa italiana. Era precioso y a la vez extremadamente deprimente. Cogí a Elena por el brazo.

—No tienes que entrar si no quieres —dije.

—Eso es verdad, Elena, tú puedes tener la vida que quieras —mintió Maca—. Bueno, la que quieras no… Pero no tiene por qué ser al lado de este señor.

—Es el padre de mi hija.

—Bueno, ¿y qué? Eso es relativo. ¿De verdad quieres hacer esto? —preguntó Maca para chequear.

—Que sí, hostias —contestó agresiva—. Que estoy bien, amores.

No dijimos nada más. Elena no solía decir tacos, por lo que esa nos pareció una respuesta suficientemente válida. Llamamos al timbre y nos quedamos a la espera. Nadie salía a abrir.

—La puerta está abierta —dijo Maca empujándola hacia dentro.

Cuando entramos en el recibidor impoluto de Elena, inmaculado casi como el altar de una iglesia, nos dimos de bruces con un grupo de gente muy bien vestida que sujetaba un cartel enorme donde se podía leer: ELENA, VUELVE A CASA. Algunas de esas personas me resultaban familiares. Debían ser los mismos que estaban en la Gender Reveal. Entre los presentes, también se encontraban dos gemelos rubios de unos seis años vestidos exactamente igual. Ambos llevaban polos de color azul y rojo, perfectamente planchados, y unos pantalones color crema. Eran terroríficos. Los niños gritaban y se pegaban entre ellos, metidos de lleno en su propio conflicto. Su madre, una señora delgadísima, con una melena castaña y brillante de mechas imposibles, trataba de separarlos. Me imaginé que serían los hijos que había tenido su asistenta por explotación reproductiva para que a ella no le salieran estrías. Ambos eran monísimos, si bien es cierto que los niños que nacen fruto de la precariedad de una mujer suelen ser condenadamente guapos. La señora de las mechas se ponía en medio de los dos para parar la pelea, pero los niños seguían enzarzados en un combate mortal. Estaba segura de que la madre de esos dos monstruos maleducados se pasaba el día leyendo libros con títulos como *Escúchales* o *Padres comprensivos: educar para crecer en el amor*, mientras sus hijos le quemaban la peluca a su abuela, torturaban hormigas con una lupa en el jardín y hacían bullying al gordo de la clase. Eran ese tipo de mocosos que chillan en los aviones mientras sus padres les dicen, en un inglés de Albacete, porque este tipo de progenitores se comunica con sus hijos en otros idiomas para que puedan, ya desde muy pequeños, mirar por encima del hombro a los demás, que se calmen y respiren. Cuando he tenido la mala suerte de coincidir en un trayecto con este tipo de seres, he deseado de corazón que se estrellara la aeronave con el objetivo de acabar con esos padres y su estirpe. Sería la mártir que España necesita: «La joven falleció en un accidente de avión, pero fue para salvarnos a todos».

En el lado opuesto del recibidor, estaba Esperanza, vestida con el uniforme reglamentario, como la última vez que la vi. Su cara no dejaba lugar a la más mínima duda: odiaba a esas personas. Delante del cartel aguardaba Javier, con un ramo de peonías rosas y una gran sonrisa. Llevaba unos pantalones de color beis y un jersey de media cremallera verde oliva, parecía un diputado del PP que está pasando el fin de semana en una casa rural que pertenece a alguien con título nobiliario. Al vernos entrar a las tres de golpe, su semblante cambió, pero ya era demasiado tarde, el grupo del pueblo de los malditos tenía mecanizada su frase. El resorte se puso en marcha:

—¡ELENA, VUELVE A CASA! —gritaron todos al unísono.

Maca y yo nos miramos. Nunca habíamos sido menos bienvenidas en un sitio.

—¿Qué haces, Javier? ¿Qué es esto?

Elena tenía los ojos fuera de las órbitas, le temblaba el

mentón y sus labios repletos de ácido hialurónico se fruncieron haciéndose increíblemente pequeños.

Javier nos miró a las dos.

—¿Qué hacen aquí? —preguntó señalándonos—. Esto es algo privado.

—Yo también lo creo —apuntó Maca.

—Algo privado, ¿en serio? ¿Y toda esta gente? —soltó Elena señalando al pueblo de los malditos versión pija.

—Ellos son como de la familia —apuntó Javier.

—Pues ellas también son como de mi familia, porque estos son TUS amigos, no los míos.

—Me animaron pensando que esto iba a ser bonito —insistió Javier.

—¿Tienes un mínimo de personalidad, Javier? ¿Un mínimo?

Una de las mujeres levantó la voz. La reconocí, era la Funko Pop.

—Javier nos ha llamado para que vengamos a apoyarte. Te queremos, vida, y nos gustaría que dejaras de hacer lo que estás haciendo. Nada de esto tiene sentido, cariño.

Elena miró hacia la Funko Pop, que nuevamente había dilapidado su dinero de la forma más absurda adquiriendo otra gargantilla. En esta ocasión, era de oro blanco y diamantes y debía costar un dineral. Me dieron ganas de ahogarla ahí mismo para robarle la joya y luego salir corriendo, pero su ausencia de cuello hacía que me preguntara por dónde podría agarrarla para acabar con ella.

—Carmen, ¿puedo consultarte una cosita, amor? —dijo Elena, incisiva.

La Funko Pop asintió, su pelo no se movió ni un ápice,

era como si llevara el pelo de un Playmobil. Esta mujer era un batiburrillo de diferentes juguetes.

—¿Por qué no te vas a tomar por el culo, AMOR?

Inevitablemente, esa pregunta generó un murmullo entre el grupo del pueblo de los malditos. Algunas mujeres fueron a abrazar a la Funko, y comprendí que en su vida la habían mandado a tomar por el culo porque parecía realmente afectada. Javier seguía de pie delante de Elena. Sin moverse. Hasta que reaccionó.

—¿Qué te pasa, Elena? ¡Basta! —gritó muy exaltado.

Elena dejó caer al suelo su bolso y se dirigió hacia el salón; el grupo del pueblo de los malditos y nosotras fuimos detrás. En la mesa del comedor, Esperanza había dispuesto una merienda digna del palacio de Versalles: sándwiches perfectamente alineados, éclairs, macarons, champán y té. Maca miró la mesa, y supe al momento lo que estaba pensando porque yo estaba pensando lo mismo: quería lanzarme sobre una de esas bandejas de petisús con la boca abierta y comérmelo todo a puñados. Una de las señoras, morena de pelo liso y con un vestido azul que la hacía parecer un bebé de nueve meses, cogió una de las bandejas de pasteles.

—Elena, cómete uno, anda, cariño, los he comprado en tu pastelería favorita. Estoy segura de que te está dando un bajón de azúcar. Tú no eres así, querida.

Elena miró la bandeja de éclairs y cogió todos los que le cabían en la mano, los estrujó entre sus dedos metiéndoselos en la boca, manchándose la cara y el pelo. Hizo exactamente lo que me apetecía hacer a mí. «Bien hecho, Elena», pensé. La mujer-bebé se quedó quieta, sin mover un músculo, tampoco bajó la bandeja de los dulces, se limitó a observar a Elena engullir como si no hubiese comido en la vida. Los trozos caían de su boca a su camiseta blanca de Kenzo. Se limpió la cara con ella, dejándola llena de manchas. Escuché un «Dios mío de mi vida» dentro del grupo del pueblo de los malditos.

—¿Qué pasa? ¡ESTO ES LO QUE SOY! ¿ME VEIS? ¡Esto soy yo!

Quiso coger más pasteles pero la mujer apartó la bandeja. Elena no desistió en su intento y tiró de ella con fuerza, lo que provocó que la pija se cayera al suelo de espaldas. Un hombre, que me pareció idéntico a Javier pero en calvo, salió escopeteado para socorrerla. La señora fingió durante unos instantes que le faltaba el aire. Algunas mujeres se llevaron las manos a la cara. En cierto modo me sentía obligada a parar lo que estaba ocurriendo, pero contemplar a Elena así era como ver un accidente de coche con extremidades desperdigadas por la calzada, algo horrible pero que no puedes dejar de mirar.

—Pero ¿te has vuelto loca? —dijo el señor calvo.

—Vamos a hablar ¡AHORA! —Javier trató de coger a Elena por el brazo pero esta se zafó a la velocidad de la luz.

—Yo venía dispuesta a hablar y me has montado un puto cumpleaños. Llevo semanas huyendo de ti, y lo primero que se te ocurre para solucionar lo nuestro es traerme aquí a estos hijos de puta.

—¿Hijos de puta? —repitió la madre de los gemelos.

La mujer de las mechas imposibles agarraba con fuerza a sus hijos con el objetivo de protegerlos de la desequilibrada de nuestra amiga.

—¿Creías que me caías bien, Maite? ¿Creías que me interesaba una puñetera mierda tu maldito curso de cerámica de los cojones?

Elena fue hacia la estantería que estaba encima del televisor y cogió un jarrón de barro horroroso que tenía unas flores pintadas a mano las cuales parecían tumores.

—¿En serio creías que me gustó esto que me hiciste? Te aburres, asúmelo, por eso haces estas birrias.

Con una fuerza que jamás habría jurado que tenía, lanzó el jarrón contra el suelo y estalló en cientos de trocitos.

—Y tus hijos son insoportables. Lo peor de ellos es que, encima, son gemelos.

Maite estrujó a los niños contra sí e intentó taparles los oídos.

—¿QUÉ MIRÁIS TODOS? ¿QUÉ COJONES MIRÁIS, IMBÉCILES? Largaos a vuestra puta casa, que tenéis mucho que gestionar también. Como tú, Manuel…

Elena había encontrado su siguiente objetivo, un señor de unos cincuenta años con un pañuelo de seda atado al cuello y el pelo completamente blanco. Rodeaba con el brazo a una señora de edad similar que al parecer se había puesto todos los viales de bótox de España y Portugal, porque sus cejas estaban tan altas que para ver su expresión tenías que mirarla por detrás.

—¿Acaso crees que no sabemos que eres un putero? Es uno de los temas de conversación cuando no estáis delante. Sí, Olivia, sí… Además de necio, tu marido es un putero. ¿No lo sabías? PUM.

La mujer se separó automáticamente de él y trató de echarle una mirada cargada de desprecio, pero su expresión facial estaba demasiado limitada. Era algo terrible, pero al mismo tiempo me pareció bastante cómico. Elena hizo un gesto con las manos como si hubiera dejado caer un micrófono invisible. Desde luego, era mucho mejor humorista que yo. Maca se estaba comiendo un macaron y observaba la situación agobiada. No podía soportar los gritos y esto le estaría produciendo muchísima ansiedad. Le vi coger otro pastel más.

—¡Suficiente! —gritó Javier.

Nuestra amiga se dio la vuelta y le lanzó una mirada retadora, como una pantera cercando a su presa.

—NO QUERÍA SER MADRE, ¿vale? —Elena se echó a llorar, emitiendo unos sollozos muy extraños que parecían salir de lo más profundo de su útero—. ¡Nunca quise serlo! Es más, una vez aborté. Jamás me han gustado los putos niños. NUNCA.

Javier negó con la cabeza como si no lo creyera.

Elena nos señaló a nosotras. Yo tragué saliva y Maca optó por coger un sándwich de queso y nueces.

—Decídselo vosotras, ellas lo saben.

Todo el grupo, incluido Javier, se giró hacia nosotras.

—Elena, quizá deberías hablar con Javier en privado. Esto no es sano —me aventuré a decir.

—No necesito hablar con nadie, necesito que todos me dejéis en paz.

Se secó las lágrimas y salió por la puerta del salón a toda prisa, a pesar de su avanzado estado de gestación era rapidísima. Oímos sus pisadas subiendo la escalera. Luego la estancia se quedó en silencio. Pasó un rato hasta que alguien se atrevió a hablar.

—A mí lo que me parece es que vosotras sois una influencia horrible para ella —dijo la Funko Pop.

—¡Cállese, señora, por favor! —exclamó Maca.

—Esa me suena —dijo señalándome Maite, la mamá de los gemelos—. Esa vomitó en la tele.

Fantástico, al final resulta que sí hay gente que ve el programa y está toda en Pozuelo.

Javier Gerardo subió detrás de Elena. Nosotras nos quedamos con el grupo del pueblo de los malditos. Ellos cuchicheaban en corro, lo que estaba ocurriendo era material de primer nivel que les iba a dar para horas de conversación en sus clases de tenis.

Maca se me acercó y me habló al oído.

—¿Qué hacemos? Esto es incomodísimo —dijo, y soltó un suspiro de ansiedad.

—No podemos dejarla aquí sola —contesté.

En ese momento, Javier bajó las escaleras con cara de preocupación. No se parecía nada al hombre que sonreía en esas fotos con Elena que invadían toda la maldita casa.

—No me abre, no hay manera. ¿Podéis hablar vosotras con ella? Decidle que esto no tiene ningún sentido. Esto no es bueno en su estado, por favor —suplicó.

—No te creas que a nosotras nos hace mucho caso —acerté a decir.

Realmente, lo único que me apetecía era largarme cuanto antes, pero un extraño sentido de la lealtad me empujaba a quedarme. ¡Maldita sea!

Llamamos dos veces a la puerta de la habitación.

—Elena, somos nosotras. Déjanos pasar, por favor —rogó Maca agotando la poquita paciencia que le quedaba.

—¡No quiero! —masculló.

—Abre la maldita puerta o nos vamos —amenacé.

Pasaron unos segundos y escuchamos el pestillo. Elena

abrió con la cara descompuesta y fue a tumbarse de nuevo en la cama.

—No sé qué hacer —dijo con la cara llena de fluidos.

Maca se sentó a un lado de la cama y yo al otro.

—Ten al bebé y luego ya pensarás lo demás; de momento es lo que toca —dijo Maca.

—Yo tengo que decir que estoy bastante orgullosa de ti, no me podía imaginar que fueras capaz de romperle el jarrón a esa tía en toda su cara —añadí emocionada.

Se secó las lágrimas al escuchar su hazaña.

—Ha sido bastante increíble, ¿verdad? —preguntó con media sonrisa.

—Sí —dijo Maca abrazándola.

Elena soltó una carcajada seguida de un grito ahogado. Luego, cogiéndome la mano, se curvó hacia delante y se meció repetidas veces. Apretaba mi mano con tanta fuerza que me crujieron todos los huesos.

—¿Qué te pasa? ¿Qué haces? —me quejé frotándome la mano que me había destrozado por completo.

—Es una contracción —dijo sin aliento.

—¿Cómo? —preguntó Maca—. ¿Desde cuándo las estás notando, Elena?

—Desde esta mañana. Eran cada mucho tiempo, pero ahora las tengo más seguidas.

—¿Cuánto de seguidas?

—No sé, cada siete minutos.

Me levanté de la cama como un resorte.

—Madre mía... ¿Y te has callado todo el día? Yo no tengo ni idea de esto, pero tú estás de parto —dije nerviosa.

—¡NO! —exclamó con los ojos inyectados en sangre. Daba miedo, parecía Regan MacNeil poseída por el diablo.

—Elena, vamos a llamar a Javier. Tienes que ir al hospital —añadió Maca.

—¡No quiero, por favor, no! —gritó.

Suplicaba con las palmas unidas, como si estuviera rezando. Por unos instantes, me recordó a la Elena de catorce años recitando el ángelus en el colegio.

—Tienes que hacerlo. Estamos contigo, pero tienes que hacerlo. No hay vuelta atrás.

Elena se puso a cuatro patas y se agarró al cabecero de la cama. Estaba sufriendo otra contracción. Era algo tan animal, tan primitivo, que me fascinó.

—¡Haced algo vosotras!

—¿Y qué quieres que hagamos? ¿Te cosemos el coño? —bramé.

Maca se movía por la habitación como una tigresa enjaulada.

—No puedes tenerlo aquí como si esto fuera *La casa de la pradera*. ¿Qué hacemos? ¿Traemos unas toallas y agua caliente? —preguntó Maca, histérica.

—¿Por qué no? —insistió mordiendo una almohada.

—¡Deja de decir gilipolleces! —Maca ya rozaba el cabreo.

—Llama a Javier —dije.

—¡Me duele mucho! ¡Esta mierda duele mucho, me cago en mi puta vida, amores!

—Llama a Javier, Maca —insistí.

—¡No le llaméis! ¡Sí! ¡No lo sé!

Maca abrió la puerta y se precipitó escaleras abajo. Escuchamos sus pasos atropellados corriendo por el pasillo y cómo le gritó a Javier que subiera.

Elena se giró hacia mí, se soltó del cabecero y me agarró del cuello de la camiseta con todas sus fuerzas. El sonido de la tela al rasgarse inundó toda la habitación.

—Si no me cae bien, ¿me prometes que te la quedas tú? —dijo con un hilo de voz.

—Te lo prometo —mentí.

Uno

Eran las dos de la madrugada y seguíamos en la sala de espera de la clínica Ruber. Elena llevaba horas en el paritorio, aunque todo parecía perfectamente coreografiado desde que llegamos. Supuse que, en los noventa, cuando nacimos nosotras, las cosas eran diferentes, mi madre siempre decía que yo salí tan fácil que apenas le rocé las paredes de la vagina. Pero con el tiempo me enteré de que parirme había sido un espanto, lleno de abusos, pero eso las mujeres de su generación no lo contaban. Se lo guardaban para ellas, como si fuera una penitencia, un sufrimiento indispensable, un impuesto revolucionario, una tortura obligatoria para perpetuar la especie.

Javier Gerardo salió y vino a nuestro encuentro vestido con un gorro verde y un pijama sanitario.

—Todo ha ido bien. Es guapísima.

—¿Elena? Ella siempre —bromeó Maca.

—Ha insistido en veros —añadió, obviando el chiste.

Javier nos señaló dónde estaba la habitación. Cuando entramos, Elena sostenía a su hija en brazos y la acunaba con ritmo.

—Es la tuya, ¿verdad? —pregunté.

—No, he robado la de la señora de la habitación de al lado. Me parecía más mona —contestó sonriendo.

Estaba sudada y tenía cara de cansada.

—Os presento a Bárbara —susurró Elena.

—¿Qué? ¿Le vas a poner mi nombre a la cría?

—No, claro que no. Se llamará Mercedes, como la madre de Javier, pero habría sido bonito, ¿verdad?

Me reí bajito para no despertar al bebé con nombre de anciana casada con un señor fascista al que Franco le otorgó a dedo un puesto en el ejército.

—Gracias por quedaros. Ha sido la peor experiencia de mi vida. No paséis por esto, os lo suplico. ¿Cómo lo hacen esas mujeres que dicen que lo repetirían una y mil veces? Es como querer que te metan una tetera por la vagina cada día. Pensaba que yo sería una de ellas, y no. Ha sido horrible —sentenció.

—No necesitan epidural porque ya tienen el coño anestesiado, como el cerebro —dijo Maca con una sonrisa maléfica.

Nos acercamos con cuidado para ver a la niña. En realidad, no descubrimos nada nuevo; como todos cuando nacemos, estaba roja y arrugada. Parecía un garbanzo puesto en remojo la noche anterior cuando vas a hacer cocido.

—¡Es preciosa, Elena! —exclamó Maca.

—Por favor, no mientas, si es igualita que Javier. La llevo en mis entrañas durante cuarenta y una semanas y sale clavada a él. Parece un político de la Gürtel, solo le falta la corbata e ir a declarar. Mirad el mentón.

—Está toda nueva. No sabe lo que le espera —comentó Maca tocando su diminuta mano.

—No, no lo sabe. Que lo averigüe ella, igual que hemos hecho nosotras —apunté.

Era tan pequeña y tan tierna, tan vulnerable, que entraban ganas de protegerla.

—Cuando salgas, tenéis nuestra casa para lo que sea —dije.

Al decirlo en voz alta, sentí que mi comentario era sincero.

—Os lo agradezco, voy a tomármelo con calma. Tengo que pensar en todo lo que ha pasado, y ahora con esto… Nada va a ser sencillo —comentó señalando a la niña—. Supongo que me iré una temporada a casa de mi madre.

—Sabes que puedes contar con nosotras —contesté.

—Lo sé —dijo mientras se recolocaba a la niña en el pecho.

—Entonces ¿qué vas a hacer? —se interesó Maca.

Elena se encogió de hombros.

—¿No odiabas tu vida? —pregunté con cierta sorna.

—Sí, pero creo que odio más la vuestra.

Las tres nos reímos y el bebé empezó a llorar, me pregunté cómo algo tan pequeño podía emitir unos sonidos tan desagradables. Elena la meció como si supiera exactamente lo que había que hacer. Era increíble que fuera la misma mujer que se negaba a parir hacía unas pocas horas.

—Bueno, ya veremos —concluyó Elena.

—Creo que los amigos de Javier te van a demandar. Esa gente tiene tiempo y dinero —añadí.

—Me da absolutamente igual, amor —respondió, segura de sí misma.

Me acerqué y le di un beso en la frente. Se me empañaron los ojos, pero traté de ocultarlo.

—A esta niña no la conozco todavía, pero vosotras dos sois mi familia —sentenció.

No respondimos. No hacía falta.

—Y ahora necesito un favor. Como mi familia que sois, ¿podéis mirar cómo se me ha quedado el coño? Yo no puedo moverme. Además, ya es hora de que me lo veáis, nunca os perdoné que me dejaseis fuera aquella vez que os pillaron enseñando los chichis en el colegio.

No necesitamos más razones. Lo hicimos sin dudar, porque mirarle el coño a una amiga que te lo pide es un acto de amor y cuidados.

—Y ahora vosotras. Me lo debéis —dijo con una sonrisa—. Rápido, antes de que venga mi madre. ¡Que está al caer!

Maca y yo suspiramos, pero no teníamos escapatoria. Se lo debíamos desde hacía más de veinte años. Yo me subí la falda larga que llevaba y Maca se bajó el vaquero. Lo hicimos rápido y discreto. Como cuando éramos crías.

—Así me gusta —confirmó Elena.

Al salir del hospital ya era de día. Maca se puso las gafas de sol y yo encendí un cigarro.

—Estoy agotada —me dijo—. ¿Desayunamos?

Antes de que pudiera responder, se nos acercó una chica con vaqueros, una camiseta negra y una coleta alta. Era Fabiola, por supuesto. Me saludó tímidamente con la mano, le devolví el saludo levantando la barbilla. Quería dejarle claro con mi lenguaje corporal que era la típica amiga tóxica.

—¿Qué haces aquí? —preguntó Maca sin alterarse lo más mínimo.

—He visto que Elena ya es mamá. Le respondí al story que ha subido hace dos horas y me dijo que estabas aquí.

—¿Pero ya está subiendo stories? Si acaba de parir, la hija de puta —dijo mirándome.

Fabiola se ajustó la coleta. Iba sin maquillar pero seguía estando guapísima.

—Me gustaría que habláramos, por favor.

—Ahora no es un buen momento —respondió Maca en tono condescendiente.

—Me equivoqué muchísimo contigo —añadió Fabiola—. Lo siento, por ser tan idiota… Sé que la he cagado. Siento presentarme así, pero no me coges el teléfono, no contestas a mis mensajes. No sabía qué hacer.

Maca dio un paso atrás.

—De verdad, que hemos tenido veinticuatro horas horribles. Mejor en otro momento —sentenció Maca.

Fabiola la cogió de las manos y empezó a llorar. Menuda falsa. La cabrona era buena convenciendo a la gente de lo que fuera. Supuse que lo conseguiría.

—Por favor. Un café, luego te dejo en paz —le rogó mientras se secaba las lágrimas falsas—. Te echo de menos.

Maca me miró, yo ya sabía cuál sería su decisión y ella también. Al fin y al cabo, se había tatuado su ojo, era lógico que se tomara un café con ella.

—Un café rápido —respondió con sequedad.

Fabiola asintió.

—Bueno, la babosa sin objetivos se va —comenté irónica.

Me acerqué a Maca y le di un abrazo.

—No tienes por qué irte.

—Sí, tengo que irme. Te quiero.

—Yo también —dijo sin dejar de abrazarme—. ¿Qué vas a hacer?

—Pues la verdad es que no lo sé.

—Beth no se muere, ¿a que no? —preguntó.

Negué con la cabeza.

—No, no se muere. Está viva. Tanto como nosotras.

Maca sonrió y se encogió de hombros. La abracé una vez más.

—¿Qué es Beth? —preguntó Fabiola.

No contesté, la odiaba con todas mis fuerzas.

Me di la vuelta y empecé a caminar, pensando que tenía dos amigas con parejas a las que detestaba profundamente. Si me dieran a elegir entre Javier Gerardo y Fabiola, mi duda sería a cuál apuñalaría primero, pero era su decisión. Supongo que por fin lo entendí. Mientras andaba, desbloqueé mi móvil. Tenía un mensaje de Álvaro, era una foto suya delante de la Casa Batlló. Sonreía. Le contesté con un gif de Kris Jenner que rezaba «It's so tasteless». Acto seguido, borré su número al instante. Al fin y al cabo, no deseaba tanto un hombre rico que me mantuviese. Al menos, por el momento. «Suerte en la vida, Álvaro».

Aceleré el paso, ya sabía a dónde tenía que ir. Por primera vez en meses, me di cuenta de que, de repente, podía respirar. Llevaba muchísimo tiempo sin hacerlo. Años. Como si me hubieran extirpado la pieza atascada que me impedía respirar con normalidad. Era una sensación fisiológica increíble. Valoré este momento porque sabía que no sería eterno.

Cuando llegué a casa, cogí el coche y conduje como una autómata, como si estuviera guionizada. Al llegar a la finca de mi madre, la vi agachada sobre su huerto seco. Estaba intentando revivir unas diminutas lechugas oscuras y llenas de bichos. Mi madre luchaba incesantemente por recuperar aquellas cosas podridas y devolverlas a la vida. Les otorgaba una confianza, una oportunidad, les concedía honor. No se daba por vencida, no las dejaba de lado aunque estuvieran defectuosas. Exactamente como con su hija. Levantó la vista y me sonrió.

—Hija, ¿qué haces aquí?

—No me apetecía estar sola en casa, la verdad.

Lo cierto es que solo quería tumbarme en el sofá con una manta y ver la tele mientras mi madre me acariciaba la cabeza. Ella no me juzgó por ello. Entré en su habitación, llena de muebles tan antiguos que bien podrían pertenecer a la infanta fantasma que vivía en la casa, y rebusqué en la cómoda de roble. Ahí estaban algunos de mis pijamas de niña. Mi madre no tiraba nada, por eso su casa parecía una de esas que salen en *Callejeros*. Escogí uno que en la camiseta tenía estampadas unas letras de purpurina: en oro rosa se podía leer PRINCESS. Supongo que, desde pequeña, siempre quise formar parte de la realeza, me gustaba imaginarme siendo uno de ellos. Yo podría formar parte de esa élite, pues se me daría genial emborracharme en veleros y casarme con fotógrafos o DJ cocainómanos que estuvieran conmigo exclusivamente por interés. Podría soportar el dolor de saberme utilizada porque llevaría collares de perlas. Usada, pero enjoyada. Tirar al plato. Cazar. Podría hacerlo todo. Bajo mi punto de vista, si formas parte de la monarquía en el siglo XXI, ya que el pueblo no te puede decapitar, al menos asegúrate de dar titulares, es lo mínimo que se te pide. Haz el favor de robar pero no ser un gusano aburrido. No queremos ver cómo repites una y otra vez el mismo vestido de Mango, queremos ver cómo te partes los dientes contra la acera saliendo de una discoteca en Marbella puesta de MDMA. El pijama todavía me valía.

Me tumbé en el sofá pulgoso, segura, protegida, ajena a todo. Uno de los perros ciegos se acostó a mi lado. Encendí la televisión y no me levanté de ahí en tres semanas. Me pasé días en un estado seminarcótico. La rutina se repetía una y otra vez, como si fuera siempre la misma jornada: me medio despertaba y mi madre me traía algo de comer, luego me tomaba un diazepam y volvía a dormirme con el sonido de la tele de fondo, que me arrullaba como una nana.

En una de mis maravillosas duermevelas, me desperté desorientada. Cogí el mando para bajar el volumen y ahí estaba el programa del Señor de la Papada. Frotándome los ojos vi cómo entrevistaba a una joven actriz, una chica rubia que acababa de rodar una serie de acción que se había hecho viral. La joven se había acostado siendo una desconocida y se había levantado con veinte millones de seguidores en redes sociales. Ella le sonreía como si se le fuera a romper la piel de la cara, la repulsión que supuraba por cada poro con cada pregunta que él le hacía era algo tangible, un sentimiento que traspasaba la pantalla. Él le preguntó si se sentía cómoda rodando escenas de sexo, ella dijo que dependía de la situación y de que los compañeros se lo pusieran fácil y la hicieran sentir a gusto. Él contestó que si quería, podían probarlo ahí mismo, que su equipo era majísimo. El público se reía. Lo sentí de veras por ella. Desde luego, se tenía que morir mucha más gente de la que se muere, eso estaba claro.

Tras la entrevista, el Señor de la Papada hizo la presentación de una nueva sección en el programa. La gente empezó a aplaudir como loca. De detrás de la cortina salió el Camisetas. Iba con unos vaqueros y, sorprendentemente, con una camiseta sin mensaje. Eso sí que era una novedad. A pesar de estar somnolienta, sus palabras se iban clavando en mi pecho, una a una, como alfileres. Con cada frase que usaba de mi texto se incrustaban más y más, mi cuerpo ardía. Estaba usando mi sección, los chistes que me pidió revisar, para ayudarme, aquel fatídico día que vomité delante de toda España. Mi temperatura corporal descendió unos grados, pero no conseguía quitarme la masa de odio que me invadía. Tuve ganas de abrir Twitter y contarlo, hacerle un hilo que le jodiera su existencia miserable de rata sucia e infecciosa. ¿Serviría de algo? Deseché la idea en el acto, sabiendo que sería peor el remedio que la enfermedad. Bajé el volumen de la tele, ni siquiera cambié de canal, y me volví a dormir.

Mi madre llegó para despertarme. No sabía cuánto tiempo había pasado, me parecieron meses, como si hubiera estado hibernando, pero en vez de por temporadas y para sobrevivir, quería hibernar justo para lo contrario. Se sentó a mi lado y me acarició la cara.

—Todo pasa —dijo—. Es lo único que te puedo decir, porque es la única verdad universal que tenemos. A lo único a lo que nos podemos aferrar es a que las cosas pasan, para bien o para mal.

Me incorporé levemente, saliendo de mi letargo, desperezándome como un oso hormiguero.

—Te quiero bastante, mamá. Esa es mi única verdad universal.

Después de esas tres semanas empecé a escribir de nuevo. Seis meses después cancelaron el programa del Señor de la Papada. Muchas personas se fueron a la calle, incluido el Camisetas. Siento mucho si después de todo este libro, no os habéis enterado de que soy una mala persona, pero jamás me había alegrado tantísimo por algo.

Dos

Me dirigí al despacho de mi nuevo jefe con un cuerno de chocolate. Llevaba trabajando ahí unos tres meses, no lo recuerdo bien, y cada mañana iba a comprarle su ración de azúcar ultraprocesado. Le decía que costaba siete euros, cuando apenas llegaba a tres y medio. Él lo sabía de sobra, pero se dejaba engañar y yo se lo agradecía. Llamé dos veces a su puerta y nadie contestó. Debía de estar en la revisión de guion, así que entré y dejé el dulce encima de su mesa, junto con un café-con-leche-corto-de-café con dos sobres de azúcar. Al lado, junto a su ordenador, tenía una foto con su mujer y su retoño de doce años. Los tres sonreían. Me costaba diferenciar quién era la madre y quién la hija. Suspiré. Salí del despacho, y me fui a mi sitio a hacer como que trabajaba. Cuando pasó el tiempo correspondiente, recogí mis cosas y me largué. Mañana repetiría el proceso una vez más y al día siguiente y al siguiente y así hasta que encontraran mi cadáver fosilizado.

Hacía sol, por lo que decidí ir andando al restaurante donde había quedado con Elena y Maca. Llevaba tiempo sin verlas. Mientras caminaba por la Gran Vía, me paré delante de la lona que cubría todo un edificio de Callao. Había mandado la foto al grupo de WhatsApp de las tres pero no había tenido la oportunidad de ver el gigantesco anuncio en directo. Ahí estaba mi amiga, seis metros de Maca. Había conseguido que le dieran un papel secundario en la última temporada de una serie ambientada en un instituto. Ella estaba detrás del amasijo de personas hipersexualizadas. Me percaté de que una de ellas era la actriz rubia a la que entrevistó el Señor de la Papada meses antes. A Maca la habían cortado por la mitad, por lo que solo se le veía media cara. Media cara suya había triunfado. Eso ya era algo. Recuerdo que cuando nos envió la imagen estaba realmente molesta, creo que le contesté con el sticker de un gatito monísimo rodeado de corazones rosas con el que le transmitía lo mucho que la apoyaba. Los stickers son una forma bastante efectiva de poder transmitir emociones. Quizá los humanos deberíamos comunicarnos solo con eso.

Habíamos quedado en un restaurante que había elegido Elena, un sitio bonito y con mucha luz, pero con comida pésima y carísima. De los restaurantes que le gustaban. Recé porque invitara ella. Al entrar por la puerta del sitio, vi que ya estaban allí. Al fondo del local, sentadas en una mesa junto a la ventana. Elena tenía a la niña en brazos. Parecía agotada. Desde lejos, ya se percibía el cansancio, sus ojos estaban enmarcados por dos ojeras púrpuras que le invadían la mitad del rostro, como si fuera una especie de oso panda que se ha perdido y ha aparecido en Aravaca completamente desorientado.

Al llegar las saludé con un abrazo y pedí un vino al camarero. Todo al mismo tiempo, a eso yo le llamo productividad.

—Dichosos los ojos —dije.

—Amor, ¿qué hago? Si no tengo tiempo ni para ducharme. Esto está siendo un infierno. No tengáis hijos nunca, por favor.

—No será para tanto, anda —dijo Maca.

Elena la agarró del brazo con los ojos completamente fuera de las órbitas.

—Ojalá se pudiera abortar con carácter retroactivo, amor.

—Sí puedes, se llama «abandono en un contenedor» —dije yo.

Ninguna de las dos se rio.

Elena parloteaba sin control, como una de esas ancianas solitarias que pasan días enteros sin hablar con nadie y que, cuando tienen la más mínima oportunidad de conversar, no pueden parar. De forma atropellada, nos contó que había estado una temporada en casa de su madre, pero que tenía que decirnos algo importante y que, por favor, no la juzgáramos. Elena cambió de posición a la niña, girándola contra su hombro mientras le daba palmaditas en la espalda.

—He vuelto con Javier —dijo.

Maca y yo no dijimos nada. Nos limitamos a observarla. Francamente, nos lo esperábamos. Elena continuó justificándose.

—Es que necesitaba que la niña tuviera una estabilidad emocional. —«La niña eres tú», pensé—. Pero vamos poco a poco... yo creo que ha cambiado. Está... distinto. Como más implicado, ¿sabéis?... Además es un padrazo —explicó de forma atropellada.

Los hombres como Javier Gerardo nunca cambian. Esto es así, es una fórmula matemática perfecta, nunca falla. Aun así no se lo repetimos, ella lo sabía y no necesitaba oír eso ahora mismo. Ya se lo comentaríamos tres años después cuando hubiera firmado el divorcio.

—De hecho, es él el que lleva a la niña a sus clases de estimulación neural polisensorial.

No quise preguntar ni lo que era eso. Me llamaba la atención cómo había niños capaces de sobrevivir aunque los bañaran cada noche en agua helada junto a los órganos que van a vender sus padres en el mercado negro y niños que iban a clases de estimulación neural polisensorial y tenían tres niñeras. Era sorprendente.

—¿Qué tal va tu monólogo? —preguntó Maca cambiando de tema.

Había terminado de escribir un monólogo y no sabía muy bien qué hacer con él. No creía que fuera a funcionar y, además, no me creía capaz de subirme otra vez a un escenario. Me consolaba pensar eso, vivir en la inacción era ser yo misma, era mi forma de vida. Cada uno gestiona sus fracasos como puede.

—Estoy en ello. Me está costando un poco decidir qué hago con el texto —respondí.

—¿No os gustaría a veces volver al colegio y despreocuparos de todo? —preguntó Maca.

Elena asintió con la cabeza mientras se sacaba la teta para dar de comer a su hija que, hambrienta, se abalanzó hacia su pezón como si fuera un coyote asaltando a un conejo.

—Me lo dices o me lo cuentas, amor —se quejó.

Mientras hablaba la bebé trataba de cazar con la boca el pezón gigante de su madre. En cada intento, Elena ponía una mueca de dolor.

—Por cierto, por fin te he visto en el cartel. ¡Increíble! ¡Es gigantesco, amiga! —exclamé.

En ese momento, Mercedes se separó del pecho de su progenitora y empezó a llorar como una auténtica desquiciada. Elena se levantó de un salto, con la teta al aire, la metió en el carro y la zarandeó compulsivamente para que dejase de llorar o de respirar, no lo sabía a ciencia cierta. Por otro lado, Maca, ajena a la situación, se quejaba sin parar de la poca vergüenza que había tenido la productora por haberle cortado la cara en el cartel y de lo mala que era la serie. Luego empezó a despotricar de Fabiola, diciendo que era la última oportunidad que se daban después de una fuerte discusión que habían tenido hacía dos semanas por no sé qué historias que no me molesté en comprender. Dejé de escucharlas, sus voces cada vez estaban más lejos. Ya casi no las oía. Me quedé mirándolas unos instantes; las quería mucho, pero en el fondo sabía que esos pequeños resquicios, esos mínimos posos que teníamos en común habían desaparecido por completo. Ya no quedaba nada, salvo cariño. Y en nuestro caso, creo que sí era suficiente. Eso era una certeza.

El camarero trajo la copa que había pedido. «Justo a tiempo. Gracias». Saqué un diazepam del bolso y lo sostuve unos segundos, lo apreté en el puño con fuerza. Mientras mis amigas hablaban, me dediqué a mirarlo, ahí, tan solito, justo en el centro de la palma de mi mano. Me lo tomé. Supongo que no encontraba motivos para no hacerlo.

Agradecimientos

Cuando empecé a escribir este libro no sabía a dónde me llevaría y ahora está terminado y lo que más siento es miedo, pero también euforia, pero sobre todo miedo, pero también éxtasis, pero sobre todo miedo. Mi forma de existir es moverme entre la inseguridad y el terror más paralizante. A pesar de todo, sigo gracias a la gente que procedo a describir. Ellos son los que me ayudan a no quedarme, como Bárbara, acomodada y perfectamente instalada en la inacción. Toda esta gente me impulsa y me anima a continuar, aunque salga magullada y con alguna víscera menos. Hablo a nivel emocional, de momento tengo todos los órganos conmigo.

Gracias a mis padres, porque este libro no es más ni menos que la materia tangible de las oportunidades ofrecidas. Escribir sabiendo que tienes un hogar al que regresar, pase lo que pase, da mucha paz. Creedme.

Nacho, la verdad es que no logro comprender tu fe ciega

en mí, pero gracias por apoyarme, creer y confiar más allá de lo humanamente posible. Una vez te dije que me gustabas más que el dinero y esa fue la declaración de amor más honesta que le he hecho a nadie. Sigue siendo verdad. A pesar de todo, ya sabes que no soy de las personas que piensan que el amor es lo único que hace falta en la vida. Yo necesito más cosas, como un buen vino blanco, velas del Zara Home y un colchón decente.

A Silvia, mi segunda madre, con la que me puedo tomar cuatrocientos cincuenta vinos y creer que el mundo es un lugar mejor y más divertido en el que vivir. Y casi siempre lo conseguimos, estando borrachas.

A mi hermana, por ser la hermana mayor paciente, que me muestra el camino, me resuelve dudas y que me ayuda a comprender, y a mi sobrina, Aitana, porque nos ha faltado tiempo para dejarte un mundo limpio, sencillo y en paz. Aun así, para compensar, te proveeremos de todas las herramientas para que patees el mayor número de culos posibles. Lo haremos de la mano. Juntas.

A Cristina Lomba, por ser una fantástica editora, confiar, ser paciente y darme seguridad en cada paso. Soy la persona más insoportable de Madrid, después de Risto Mejide, pero, de verdad, te agradezco haberme sostenido en estos dos años de querer tirar la toalla.

A ti, la lectora o el lector que habéis leído este libro, espero que os hayáis reído, que os hayáis rebozado como croquetas en el odio más infecto y que, como los personajes, os hayáis despojado un poco de la culpa. No sirve para nada. Tiradla a la basura. Por cierto, no vendáis el libro en Wallapop, por favor. Haced esa transacción de un modo en el que yo no me entere un domingo mientras intento comprar en la App unas mesillas de noche económicas.

Y por último, a mis amigas, porque como mujer no hay nada mejor que estar rodeada de buenas amigas, de las que se alegran de verdad por ti, te apoyan incondicionalmente y critican lo mal que te ha quedado el bótox a la espalda. Tener buenas compañeras es algo de un inmenso valor, a nivel social y político. Pasa del tío que hace CrossFit, usa gomina y te trata con condescendencia y enfócate en tus amigas. Como sociedad, hemos rechazado e incluso aborrecido algunas de nuestras capacidades más eficaces, considerándolas herramientas de segunda categoría. Las mujeres somos capaces de construir redes de seguridad potentísimas, ellos no tanto. Solo hay que echarle un vistazo a la historia para comprobarlo. Agarraos a eso con fuerza, chicas. Es valiosísimo. Como lo es para Bárbara, Maca y Elena, al final su única certeza es que se tienen las unas a las otras.

PD: Solo para aclararlo, estos agradecimientos no son una declaración de intenciones que me sitúan en la posición de alguien que está de acuerdo con apoyar lo que haga un ser querido de forma incondicional. Si vuestro hijo quiere ser «entrepreneur» o «DJ» por favor, echadle inmediatamente de casa.

Un beso a todas. Victoria.

Índice

Veintisiete semanas 11

Veintiocho semanas 29

Veintiocho semanas (II) 39

Veintinueve semanas 47

Treinta semanas 55

Treinta y una semanas 61

Treinta y una semanas (II) 69

Treinta y dos semanas 79

Treinta y tres semanas 89

Treinta y tres semanas (II) 97

Treinta y cuatro semanas 119

Treinta y cinco semanas 125

Treinta y cinco semanas (II) 131

Treinta y cinco semanas (III) 141

Treinta y seis semanas 153

Treinta y siete semanas 167

Treinta y ocho semanas 187

Treinta y nueve semanas 197
Treinta y nueve semanas (II) 203
Cuarenta semanas 211
Cuarenta y una semanas 219
Uno 233
Dos 243

AGRADECIMIENTOS 249